¡Arriba las manos!

¡Arriba las manos!

Tamara Marín

Esencia/Planeta

© Tamara Marín, 2024
© Editorial Planeta, S. A., 2024
Avda. Diagonal, 662-664, 08034 Barcelona (España)
www.esenciaeditorial.com
www.planetadelibros.com

Primera edición: enero de 2024
ISBN: 978-84-08-28026-2
Depósito legal: B. 20.849-2023
Composición: Realización Planeta
Impresión y encuadernación: Huertas Industrias Gráficas, S. A.
Printed in Spain - Impreso en España

El papel utilizado para la impresión de este libro está calificado como papel ecológico y procede de bosques gestionados de manera sostenible.

A mi madre,
por animarme siempre a perseguir mis sueños.
Te extraño cada día.

Prólogo

Lola

UNOS AÑOS ANTES

Llevaba mucho tiempo esperando ese momento. Con los trabajos de mis padres era difícil pasar ratos los cuatro juntos y ese día estaba especialmente emocionada, pues íbamos a ir al río.

El trayecto fue muy divertido porque mi padre no dejó de hacer el payaso mientras cantaba las canciones que iban sonando en la radio. Y lo hacía tan mal que mi madre tuvo que pedirle, por favor, que parara.

Al llegar, mi hermana y yo los ayudamos a descargar las cosas del coche y, cuando encontramos un sitio que nos gustó, extendimos una manta en el suelo. Sonia y yo salimos corriendo y nos pusimos a jugar cerca de la orilla.

—Niñas, no os metáis en el río. En cuanto atienda esta llamada entro con vosotras —nos avisó mi madre.

Sabía que pasaría bastante rato hasta que ella colgara el teléfono, las llamadas de trabajo siempre la tenían ocupada mucho rato. Pero me daba bastante igual, ya que el agua bajaba con fuerza y no me hacía demasiada gracia meterme allí.

Mi padre había trabajado esa noche y se quedó dormido nada más poner la cabeza en la manta, así que mi hermana y yo bajamos la voz.

Sonia decidió que era un buen momento para bañar a su muñeca y se acercó al río para sumergirla en el agua, pero esta escapó de sus manos y lo primero que hizo ella no fue ir tras su juguete favorito, sino que se volvió y me miró con los ojos como platos. No tardó ni dos segundos en derramar lágrimas; nada escandaloso, simplemente lloraba en silencio.

Miré hacia el río y vi que la muñeca se había quedado atrapada en una roca. Pensé en despertar a mi padre, pero sabía que mamá se enfadaría, porque siempre nos decía que, con la profesión que él tenía, necesitaba descansar.

—Por favor, Lola. —De la boca de mi hermana salieron esas tres simples palabras. Tres palabras que alterarían mi manera de ver la vida.

Lo recuerdo todo a cámara lenta: me acerqué más a la orilla, me quité los zapatos y tragué saliva, pues un puño de terror oprimió mi estómago. Volví a mirar a Sonia; estaba claro que, por mucho que quisiera esa muñeca, ella no se metería para cogerla, y que iba a tocarme a mí sacarla de allí.

Al introducir un pie en el agua, el frío me paralizó aún más. Sin embargo, si iba a hacerlo, de nada servía alargarlo en el tiempo, así que me zambullí para dirigirme hacia la roca donde había localizado el juguete de mi hermana.

Antes de empezar a bracear me dio la sensación de que no se hallaba tan lejos, pero la corriente y el miedo estaban haciendo que tardara demasiado en llegar. Había asistido a cursos de natación, pero claramente no era lo mismo nadar en una piscina que hacerlo metida en una corriente.

Cuando por fin lo logré y agarré la muñeca, apenas me paré unos segundos a tomar aire. Quería regresar cuanto antes a la orilla.

Los brazos me dolían y los pulmones me quemaban; el camino de vuelta me estaba costando, estaba tragando mucha agua y me daba cuenta de que mis movimientos eran cada vez más lentos.

Ya casi había alcanzado mi objetivo cuando el grito de mi padre hizo que me desconcentrara, y mi cabeza se sumergió por completo. Estaba tan cansada que las piernas no me respondían, y de pronto me estaba entrando tanto sueño... No obstante, antes de que el sopor me venciera, unas fuertes manos me sacaron de allí. Aunque tenía los ojos medio cerrados, supe que iba en brazos de mi padre sin necesidad de abrirlos. Este me llevó hasta tierra firme y me tumbó en el suelo. Aún no había apoyado la cabeza cuando mi madre llegó chillando.

—¡Pero ¿se puede saber qué haces, Lola?! —Detecté un punto de pánico en su voz que no había oído antes.

Quise contestarle, pero no fui capaz de hablar. Miré a mi padre, que estaba lívido, y se produjeron unos segundos de tenso silencio que Sonia se atrevió a romper.

—Se me ha escapado la muñeca y Lola ha ido a buscarla —explicó.

Mi madre abrazó a mi hermana, no tuve claro si para consolarla o para llorar, porque en cuanto la estrechó entre sus brazos rompió en llanto. Pensé que Sonia no había hecho nada y que era yo la que se merecía ese abrazo, pero entonces mi padre pronunció unas palabras que lo cambiarían todo.

—Eres la niña más fuerte y valiente que he conocido nunca. —Me levantó del suelo y me abrazó con ímpetu.

Mi corazón se hinchó de orgullo, porque esas palabras, saliendo de la boca de mi padre, que era policía y conocía a mucha gente valiente, resonaron en mí de una manera especial.

Es curioso cómo calan de hondo las palabras de los padres. Ese fue el día en el que decidí que debía ser una mujer fuerte; que si mi hermana no era capaz de ir a buscar su muñeca, lo haría yo; que si ella siempre había sido dulce y tímida, yo sería fuerte y valiente.

Por aquel entonces yo tenía siete años.

1

¿Desde cuándo eso es un impedimento?

Lola

Me ponía muy nerviosa no saber qué hacer y mis manos, las cuales retorcía sin piedad, estaban pagando las consecuencias. Me levanté de la silla en la que apenas hacía un par de minutos que me había sentado. Intenté dar una vuelta por la estancia, pero había tanta gente que desistí, aunque preferí seguir de pie.

Llevábamos más de dos horas esperando noticias del estado de Sánchez y por allí no aparecía nadie. La última vez que había salido un médico a informarnos no se explayó con las explicaciones. La preocupación y la impaciencia crecían por momentos y los susurros en la sala estaban empezando a subir de intensidad.

—Chicos, bajad el volumen o volverán a llamarnos la atención —pedí.

—Vale, jefa —contestaron casi a coro.

—Voy a ver si veo a algún médico y me sabe decir algo —comenté alzando la voz, pero a nadie en concreto.

—Has ido hace cinco minutos —respondió el bocazas de turno.

En realidad, solo era la excusa para pasear, estirar las piernas y despejarme, pero me sorprendió que hiciera tan poco de la última vez que había salido de allí, se me había pasado demasiado lento.

—Perfecto. Pues voy a volver a hacerlo —sentencié.

—Como quieras, jefa —masculló Quique agachando la cabeza.

Sin embargo, solo me dio tiempo a dar tres pasos, porque justo en ese instante el doctor que se había llevado a Sánchez al quirófano entró en la sala de espera. Parecía cansado, y no era para menos, pues habían pasado unas cuantas horas en la mesa de operaciones.

—Familiares de Alberto Sánchez. —A pesar de la cara de agotado que tenía, su voz sonó firme.

El cirujano se mostró perplejo cuando todas las cabezas se giraron para mirarlo. La mayoría de nosotros estábamos de pie y en la estancia había demasiada gente, pero nos hicimos a un lado para dejar paso a la mujer y a la hija de nuestro compañero.

—Sí, soy su esposa. ¿Qué tal está? —susurró esta, y se hizo el silencio más absoluto.

—Fuera de peligro... —No pudo continuar, porque una algarabía de felicidad se apoderó del ambiente.

Mientras el médico le detallaba cómo había ido la intervención y lo que tendría que hacer a partir de ese momento, yo me volví y miré a mis hombres.

—Vamos, todo el mundo fuera —les ordené, y ellos obedecieron sin rechistar.

Cuando el último salió, me acerqué a la mujer de Sánchez, que justo en ese instante terminaba de hablar con el cirujano. No recordaba si se llamaba Almudena o Antonia, así que preferí no meter la pata.

—Nosotros nos vamos y os dejamos tranquilas —le dije.

—Ha sido estupendo teneros aquí, por lo menos hemos estado acompañadas. —Por primera vez desde que había llegado allí, la expresión de su rostro parecía tranquila.

—Menuda compañía, han tenido que venir varias veces a llamarnos la atención —admití algo avergonzada.

—De todas maneras, os lo agradezco. —Sonrió.

—Mañana, en cuanto entre a trabajar, si no te molesta, te llamaré para saber cómo ha pasado la noche.

—No me molesta para nada. Apunta mi teléfono.

En cuanto intercambiamos los números me despedí de ellas y abandoné el hospital. En la puerta me esperaban unos cuantos compañeros.

—Esto hay que celebrarlo —propuso Samuel.

—Hombre, hay que brindar por Alberto con una copa, o con dos —coincidió Quique.

—Tened en cuenta que mañana hay que madrugar —les recordé, aunque era la primera que necesitaba una copa y a un tío para olvidarme de esa mierda de noche.

—¿Y desde cuándo eso es un impedimento? —Ahí tuve que darle la razón a Blas.

Miré hacia donde estaba Aarón, que no había dicho nada, y los dos nos entendimos sin necesidad de hablar.

Nos dirigimos al bar de siempre y al final bebimos más de lo estrictamente necesario.

2

¡Arriba las manos!

Lola

Hacía ya bastante que habíamos llegado al bar y era la hora de marcharme; el cansancio y el alcohol empezaban a pasarme factura.

Encontré a Aarón con la mirada, pero estaba muy entretenido charlando con una chica, así que lo descarté y recorrí el local buscando a un tío que me atrajera lo suficiente como para pasar un rato con él.

Lo divisé apoyado en la barra. Podía observarlo a mis anchas sin que él me viera, y me recreé examinándolo. Llegué a la conclusión de que quizá se pasaba de guapo y, además, por lo que podía percibir debajo de la ropa que llevaba, parecía estar en forma. También me sorprendió que, a pesar de la hora, se encontrara solo. Igual estaba casado o tenía pareja. Me fijé en sus manos buscando una alianza; no encontré nada.

Parecía demasiado bueno para ser verdad y sabía que me arriesgaba a que me dijera que no, pero eso nunca había sido un inconveniente para mí. Así que me encaminé hacia donde se hallaba.

—Hola —saludé plantándome frente a él.

—Hola —me respondió mirándome de arriba abajo con curiosidad.

—¿Te apetecería pasar unas... —miré el reloj— dos horas conmigo?

—¿Perdón? —A su favor diré que parecía perplejo.

—Nada, déjalo. —No estaba para perder el tiempo con hombres que no entendieran una indirecta, imagínate si, encima, no pillaban una directa tan directa como la que acababa de soltarle.

Sabía que era una propuesta excesivamente descarada y que muchas veces los tipos a los que me acercaba no reaccionaban muy bien, incluso me había topado con alguno que se había mosqueado por no haberme presentado antes, pero mi intención no era intimar con ellos. O, mejor dicho, sí quería intimidad, pero de otro tipo.

En cuanto me di la vuelta para irme, me agarró con suavidad por el brazo.

—Espera un segundo —me pidió mientras se volvía y le comentaba algo al tío de la barra, que le pasó una cazadora.

Salimos del local en silencio y yo, como había hecho en otras ocasiones, entré en un hotel barato situado justo al lado del bar. Pedí una habitación y subimos a ella sin intercambiar palabra. Cuando entramos y cerré la puerta, él fue el primero en hablar.

—¿Vas a decirme al menos cómo te llamas?

—Para lo que vamos a hacer no creo que sea preciso.

—Oh, vamos, ya está siendo todo lo suficientemente frío como para, encima, no saber ni tu nombre.

—Me llamo Lola. ¿Contento? —Me volví hacia él poniendo los brazos en jarras.

—Bueno, a ver, no doy saltos de alegría, pero me sirve —ironizó.

Me fijé en cómo sonreía y no me gustó. Yo solo quería acostarme con él, utilizarlo para olvidar el día de mierda que llevaba. Era mucho más fácil con Aarón; sin embargo, esa noche estaba ocupado, así que tendría que bastarme con ese otro. Pero no necesitaba conocerlo, no quería simpatizar con él de ninguna otra manera que no fuera en la cama.

—Yo soy Nacho —se presentó.

—Pues vale. —Estaba siendo borde y era consciente de ello, pero no sabía hacerlo de otra forma para conseguir que dejara de hablar.

Lo miré de arriba abajo unos instantes y me sorprendió que un tío como aquel hubiera accedido a estar con alguien como yo, que, a ver, soy mona y eso, pero llevaba zapatillas deportivas, una sudadera, el pelo recogido y ni un ápice de maquillaje. Y él parecía del tipo de hombres que se fijaban en mujeres como mi amiga Inés, y no en mí.

En fin, aprovecharía mi suerte y cruzaría los dedos para que no fuera el típico guapo que acababa resultando una decepción en la cama.

Empecé a quitarme los pantalones con rapidez, ya que se me echaba el tiempo encima.

—¿Ni siquiera vas a dejar que sea yo quien te desnude?

—Prefiero hacerlo yo, pero si insistes...

—Insisto —replicó.

Se acercó a mí y me miró de una manera que continuó sin gustarme. Yo solo lo quería para un polvo de una noche, y ese tío me observaba como si no acabara de pillarlo.

—¡Arriba las manos! —me ordenó.

Enarqué una ceja ante ese comentario, pero me di cuenta de que lo que quería era deshacerse de mi sudadera, así que alcé los dos brazos y él me la sacó con mucha suavidad, como si en lugar de desnudarme estuviera desenvolviendo un regalo. Tragué saliva.

—Vale, Lola, voy a besarte —me avisó mientras pasaba su mano por mi nuca.

Quise protestar, no porque fuera a darme un beso, sino para preguntarle si tenía pensado informarme de cada cosa que hiciera, pero no tuve tiempo.

Cuando dijo que iba a besarme imaginé que se refería a mi boca, pero Nacho bajó hasta mi pezón izquierdo, apartó mi sujetador y lo hizo desaparecer, por completo, entre sus labios. Solté un jadeo por la sorpresa y él rio entre dientes.

Después de dedicarle un tiempo a cada uno de mis pechos continuó descendiendo hasta llegar a mi ombligo. Mientras besaba mi estómago fue deshaciéndose de mis bragas y, antes de que pudiera reaccionar, metió su boca entre mis piernas, y yo dejé de pensar con claridad.

Tuve la certeza de que no sería capaz de aguantar mucho más tiempo y, en el instante en que el último gemido fue más largo que el resto, Nacho se levantó y me tumbó con delicadeza en la cama. Al ponerse sobre mí, me fijé en su risa canalla. El placer y el asombro se debieron de reflejar en mi cara cuando entró en mí de una fuerte embestida. Deduje que aquel tío sabía muy bien lo que hacía.

Con el transcurso de las horas supe que no estaba equivocada, porque fueron las más intensas de mi vida, en lo que a sexo se refiere, por supuesto.

* * *

Me levanté de la cama en cuanto la respiración de Nacho se acompasó y comprobé que estaba dormido. Llevaba unos veinte minutos esperando para asegurarme.

Nada más acabar de vestirme, salí por patas de allí. Antes de cerrar la puerta me volví para mirarlo y pensé que no me importaría repetir con él otro día, pero era una regla que no podía permitirme el lujo de romper. Solo lo hacía con Aarón, y porque los dos lo habíamos hablado y lo teníamos muy claro.

Bajé las escaleras de dos en dos y al pasar por la recepción me detuve para pagar el importe de la habitación.

Cuando pisé la calle el aire fresco me sentó bien; no tenía claro si hacía mucho calor allí dentro o si el aumento de temperatura había sido solo culpa de Nacho. Sacudí la cabeza para sacarlo de mis pensamientos.

Cogí el metro para dirigirme a mi piso; me daría el tiempo justo de ducharme, desayunar e irme a la comisaría.

3

El nuevo subinspector

Lola

Si el día anterior me pareció caótico con todo lo de Sánchez, ese no estaba resultando mucho mejor. Solo respiré aliviada cuando llamé a su mujer —que, finalmente, descubrí que se llamaba Almudena— y me confirmó que mi compañero estaba mejorando con rapidez.

Después de eso, fui a buscar un café; era el cuarto de la mañana, pero es que no había dormido nada y me sentía agotada. Me lo bebí de un trago y volví a sepultarme bajo un montón de papeles que debía rellenar sobre el informe del día anterior.

No alcé los ojos de ellos hasta bastante tiempo después, cuando noté que alguien se acercaba a mi mesa.

—¿Por qué no me esperaste anoche? —Levanté la vista y contemplé a Aarón. Había que reconocer que era muy atractivo: alto, moreno, ojos claros..., el típico hombre que las mujeres se volvían a mirar, y aún más si llevaba el uniforme puesto. Sin embargo, estaba igual de tarado que yo en lo que a emociones se refería, por eso habíamos acabado acostándonos juntos cada vez que nos apetecía.

—Hola a ti también —solté con ironía.

—Perdona, hola. —Su pose de impaciencia me confirmaba que estaba esperando la respuesta a la pregunta que me había hecho, así que decidí no darle más vueltas al tema, ya que no era nada importante y tenía mucho trabajo.

—Te vi ocupado y decidí buscarme a otro —le contesté.

—¿Lo encontraste? —se interesó.

—Menuda pregunta de mierda, sabes que no hubiera parado hasta dar con alguno que estuviera disponible.

—Lo nuestro no debe de ser muy normal. —Sonrió al hablar.

—¿Por qué? ¿Porque somos dos personas adultas que necesitamos sexo de vez en cuando?

—No, porque somos dos personas adultas incapaces de tener sexo dos veces con una misma persona.

—Te recuerdo que tú y yo nos hemos acostado más de dos veces.

—Sí, y casi nos obligamos a firmar un contrato antes con todas las cláusulas que pusimos —bromeó, pero era la verdad.

—No creo que fueran tantas, simplemente quisimos dejar claro que solo se trataba de sexo.

—Supongo que tienes razón. ¿Fuiste al mismo hotel de siempre?

—Ya sabes que sí; se encuentra cerca del local, es cómodo, barato y está limpio.

—La recepcionista tiene que alucinar con nosotros. Cada vez que vamos lo hacemos con alguien diferente.

—También hemos ido muchas veces tú y yo juntos.

—Otro motivo para que flipe más.

—Ni siquiera me he parado a pensarlo, me da bastante igual la opinión que ella tenga de mí. —Volví a bajar la cabeza al informe en el que estaba trabajando; a ese paso no acabaría.

—¿Has visto al nuevo? —quiso saber Aarón, pero yo solo pensaba en que, como siguiéramos hablando, me iba a tener que quedar hasta muy tarde. Y, francamente, estaba exhausta.

—No, qué va. Mira, estoy liadísima, vete a trabajar. —Mi voz salió borde, pero lo compensé haciéndole un guiño.

—A sus órdenes, jefa.

No hacía ni dos minutos que Aarón se había ido y volví a notar que alguien se dirigía hacia mi mesa. Resoplé exasperada.

—Acabo de ver al subinspector que sustituirá a Fernández. —Inés parecía entusiasmada.

—Estupendo, luego pasaré a saludarlo. Nuestras unidades trabajan juntas a veces y nos tocará colaborar. Espero que no sea otro imbécil como Fernández.

Ser subinspectora en la misma comisaría en la que mi padre ejercía de comisario no me había traído demasiadas cosas buenas. Imaginaos: una mujer —con todo lo que eso implica en un trabajo como el mío— y, encima, «la hija de...». Supongo que por eso desarrollé esa mala hostia y la necesidad de mantener las distancias con casi todos mis compañeros. Solo había dos excepciones: Aarón, con el que me acostaba de vez en cuando, e Inés, mi mejor amiga desde que coincidimos en la academia.

Me quedé observando un momento a Inés, porque parecía que no había acabado de hablar. Siempre que la miraba, pensaba que no era la única que estaba jodida en esa comisaría. Mi amiga era policía y modelo en sus ratos libres. Además de poseer un físico espectacular, todos mis compañeros la habían visto en ropa interior en la publicación de una revista para la que trabajaba. Digamos que a ninguna de las dos nos tomaban demasiado en serio.

—Vamos, suéltalo, Inés —le pedí, porque ya veía que no se iría hasta que no hablara.

—Tienes que verlo. Es impresionante.

—¿Quién?

—Tu tía la del pueblo. ¿Quién va a ser? El nuevo subinspector.

—No tengo tiempo para eso, ahora no. —Estaba viendo que a ese paso no acabaría ni quedándome hasta la noche.

—De verdad que contigo no se puede. Lo normal entre amigas es comentar lo bien que está cierto tío, pero tú solo pareces quererlos para una cosa.

—Es que solo los quiero para una cosa —afirmé.

—Mira, déjalo. Voy a buscar a Lidia y le doy la bienvenida con ella —concluyó Inés bastante seria.

Me supo mal, así que organicé un poco los papeles y me levanté para acompañarla.

—Anda, vamos. Pero nos presentamos y volvemos, que tengo mucho trabajo pendiente y te conozco.

—Que sí, pesada —contestó haciendo un gracioso mohín.

Nuestra comisaría es una de las más grandes de Madrid,

y mientras íbamos a ver a nuestro nuevo compañero, nos dio tiempo de pararnos en la máquina para coger otro café y tomárnoslo por el camino.

Cuando llegamos, había bastante gente alrededor del nuevo fichaje, y nos abrimos paso hasta quedar frente a él.

Inés mide casi un metro ochenta, y yo, uno sesenta —lo justito para entrar en el cuerpo de policía—, por eso no vi a la persona que se hallaba tras mis colegas hasta que casi la tuve delante de mis narices y mi mente gritó un «¡hostia puta!» tan grande que me sorprendió no haberlo dicho en voz alta. Me recompuse como pude y le ofrecí al nuevo subinspector mi mano para saludarlo.

—Hola, soy la subinspectora Jiménez —logré vocalizar, mucho más tranquila de lo que me sentía. Por algo me llamaban «la reina de hielo» (en realidad, la mayoría me llamaba Frozen, pero yo prefería el apodo de la minoría, no me van mucho las princesas).

—Hola, soy el subinspector Martínez, encantado. —Sonrió al acercarse. Estuve a punto de retroceder, pero yo no soy de ese tipo de mujeres.

Mientras me estrechaba la mano, me fijé en la suya y pensé en todo lo que esa mano me había hecho la noche anterior. Solté su agarre con algo de brusquedad.

Encontrarme con él en la comisaría fue la guinda del pastel a un día realmente malo. Sería que no había hombres en Madrid, que había ido a acostarme con el que a partir de ese momento pasaría a ser mi compañero. Procuré restarle importancia y asumí que tampoco era nada grave. Sí, me había liado con él una noche, pero a partir de ese instante lo ignoraría, como hacía con el resto de los compañeros. Fin.

«No es nadie importante, no pasa nada», repetía mi mente en bucle, y me di cuenta de que lo que estaba haciendo era intentar convencerme a mí misma.

4

Mi primer día

Nacho

Me desperté algo desorientado. Pasaron unos segundos hasta que recordé que me encontraba en un hotel y no en mi casa.

Traté de desperezarme y, tal y como imaginaba, no hallé ni rastro de la chica de la noche anterior. Desde luego, había resultado ser uno de los encuentros más surrealistas de mi vida.

Cuando Lola se acercó a mí y me ofreció pasar un par de horas junto a ella, con esa seguridad y ese desafío en la mirada, me hizo gracia que, dentro de un cuerpo tan chiquitito, pudiera caber tanta provocación.

No era mi estilo de mujer, entre otras cosas porque era demasiado pequeñita. Después estaba su manera de vestir, con la que parecía querer pasar desapercibida, sin acabar de conseguirlo. Llevaba una coleta, zapatillas deportivas, tejanos y nada de maquillaje, pero había que reconocer que era muy bonita; poseía una cara algo aniñada, pero muy dulce, cosa que, todo sea dicho, contrastaba por completo con su manera de comportarse.

La sudadera que vestía debía de ser, por lo menos, de su padre, porque le quedaba enorme, y no tuve ni idea de qué había debajo hasta que la desnudé. Entonces sí que me asombré, porque su cuerpo era realmente hermoso; aunque apenas midiera un metro sesenta, estaba muy bien proporcionada y se notaba que hacía ejercicio. Pero lo que de verdad me dejó sin respiración fue que esperaba cualquier tipo de ropa interior menos la que me encontré bajo aquella prenda, ya que no hacía a esa chica con transparencias y encajes. Por su modo de vestir, parecía utilizar la ropa para su comodidad, así que la imaginé con unas bragas y un sujetador deportivos. Sin embargo, resultó ser una caja de sorpresas en muchos sentidos, porque el sexo con ella fue realmente impresionante.

Aparté todos esos pensamientos de mi cabeza, salté de la cama y me fui vistiendo a medida que iba recogiendo mi ropa del suelo de la habitación. Una vez listo me apresuré a salir. Al llegar a la recepción me paré ante la chica que había tras el mostrador.

—Hola, ¿podrías cobrarte? Mi habitación era la número siete —solté de carrerilla.

—Ya está pagada —contestó con un tono bastante seco.

Que Lola hubiera abonado el importe no me extrañó lo más mínimo.

—Gracias —respondí y, cuando casi me había dado la vuelta para irme, la mujer volvió a hablar.

—Esa chica casi podría tener un bono aquí. —Lo dijo en apenas un susurro, pero la oí perfectamente. Me volví porque en su tono detecté desprecio y hasta cierto asco.

—No creo que eso sea asunto tuyo —espeté con voz dura, y salí de allí sin despedirme.

El comentario que había soltado la recepcionista del hotel tampoco me asombró; ya me imaginé, por el modo en el que Lola había actuado la noche anterior, que no era el primero al que llevaba allí, y tenía claro que tampoco sería el último.

Nada más poner un pie en la calle aceleré el paso y prácticamente corrí hasta llegar a mi casa, que no se encontraba muy lejos. O me daba prisa o llegaría tarde a mi primer día en mi nuevo puesto.

* * *

Cuando abrí la puerta me costaba respirar, y eso que estaba acostumbrado a correr, pero me había pegado un buen esprint. No podía pararme a saludar, por lo que pasé por el salón sin disminuir la velocidad.

—Buenos días a ti también.

—¡Llego tarde! —grité mientras entraba en el cuarto de baño.

Había acabado de desnudarme cuando noté que alguien me observaba.

—¿Quieres dejar de mirarme el culo? —bromeé.

—Vas a llegar tarde en tu primer día, ¿no es eso pasarse de irresponsable?

—Para responsable ya estás tú, hermanito.

—Menos mal. —Dio un sorbo a la taza que llevaba entre las manos—. Por cierto, esta noche no vendré a cenar.

—¿Y eso? —balbuceé con la cabeza debajo del chorro de agua.

—Tengo una cena con el decano de la universidad para hablarle sobre un nuevo proyecto.

—Esa cabecita tuya nunca para, deberías divertirte de vez en cuando —sugerí.

—¿Quién te dice a ti que esta no es mi forma de divertirme? Me voy a trabajar. Por lo menos uno de los dos llegará puntual.

—No pienso llegar tarde, voy bien de tiempo. —Quise convencerme a mí mismo.

—Sí, sí, lo que tú digas.

—Hasta luego —me despedí mientras salía de la ducha y cogía el móvil para mirar la hora—. ¡Mierda, llego tarde!

—Acabo de decírtelo —replicó mi hermano, y su voz me llegó tan lejana que supe que estaba a punto de irse.

Salí desnudo del baño y me dirigí hacia mi cuarto a por la ropa. En cuanto la tuve, me fui vistiendo por el pasillo.

5

La chica de la noche anterior

Nacho

Al final conseguí llegar un par de minutos antes de la hora. No es que me gustara, pero al menos no me presenté tarde. Aunque he de reconocer que, al ser el primer día, me hubiera encantado hacerlo con al menos media hora de antelación para poder conocer mínimamente el espacio en el que iba a trabajar. Sin embargo, como de nada sirve quejarse, me puse manos a la obra en el mismo instante en el que pisé la comisaría.

La jornada estaba yendo bien, me explicaron un poco cómo funcionaba todo y conocí a los que a partir de ese momento serían mis compañeros y a muchos más que fueron acercándose para saludarme. Lo que desde luego no esperaba era encontrarme a la chica con la que me había acostado la noche anterior, y mucho menos enterarme de que a partir de entonces trabajaríamos en la misma comisaría.

Nos saludamos con frialdad y se marchó más rápido de lo que la cortesía permitía. En cuanto la perdí de vista, el agente que tenía al lado me puso al día de cosas que, francamente, me importaban una mierda.

—Joder, hay que ver lo buena que está García.

—¿García? —No tenía ni idea de lo que me estaba hablando, Lola acababa de presentarse como la subinspectora Jiménez.

—Sí, Inés, la que ha venido con Lola. Es modelo, ya te enseñaré lo bien que le sienta la ropa interior. Tengo la revista en el vestuario, como todos los compañeros, claro. —Se calló un instante. Debo reconocer que me había dejado tan impactado ver a Lola allí que no me había fijado en la persona que la acompañaba—. Y luego está la subinspectora. —Vi que torcía el gesto y sentí curiosidad.

—¿Qué pasa con ella?

—Es la hija del comisario y una tocapelotas de la hostia. Solo la soportan Inés y Aarón, y este último la aguanta porque se la ventila.

Entonces mi curiosidad se disparó.

—¿Son pareja? —Lo último que me apetecía era llegar nuevo a una comisaría y tener problemas de ese tipo con dos compañeros.

—¿Pareja? Se nota que no conoces a Lola. No sé exactamente qué rollo tienen, pero, cada vez que salimos por ahí, acaban yéndose juntos. Sin embargo, en la comisaría se comportan como simples compañeros, aunque lo cierto es que es el único con el que la subinspectora habla de algo más que de curro. Pero puedo asegurarte que no son pareja. —Se encogió de hombros y dio el tema por zanjado.

No quise preguntar más porque no quería llamar su atención y tampoco era una cosa que fuera a quitarme el sueño, aunque debía reconocer que Lola cada vez me intrigaba más.

Volví al trabajo y el día se me pasó en un suspiro. De camino a casa me paré a comprar algo de cena, pues Álvaro no estaría y yo no tenía ganas de cocinar.

* * *

A la mañana siguiente me levanté bastante temprano, ya que quería salir a correr antes de ir al trabajo. Mientras lo hacía, no pude evitar pensar que había disfrutado muchísimo más con el ejercicio que hice con Lola dos noches antes.

Cuando volví, mi hermano estaba sentado sobre la encimera de la cocina. Me puse un café, pero no me senté, quería ducharme y salir pronto.

—No sé por qué compramos las sillas, ninguno de los dos las utiliza nunca —apunté entre sorbo y sorbo.

—Por si algún día tenemos visita —bromeó Álvaro.

—Ah, que es por eso.

—Supongo, pero hace tanto que no viene nadie por aquí que ya ni me acuerdo.

—¿Estás falto de amor, hermanito? —bromeé.

—La verdad es que no, estoy bien servido, gracias. —Su sonrisa se ensanchó y decidí no seguir pinchándolo. Aunque Álvaro y yo nos lo explicábamos casi todo, hasta que se decidía a contármelo era bastante hermético con su vida privada—. ¿Qué tal fue el primer día? —preguntó cambiando de tema, pero con interés.

—Bueno, bastante bien, aunque la comisaría es enorme y me va a costar adaptarme a ella.

—Por lo menos esta te pilla más cerca que la anterior.

—Sí, eso es un lujo. ¿Y tú qué tal con el decano?

—Bastante bien, creo que al final van a darme el proyecto.

—No esperaba menos, hermanito, por algo tú eres el listo y yo soy el guapo —me burlé, aunque la genética era una mierda y a él lo había hecho guapo y jodidamente inteligente. No era que yo fuera tonto, pero él se pasaba.

—Ja, ja, ja.

—Me voy a la ducha, que hoy quiero llegar con tiempo.

Apuré el café de un trago y limpié la taza.

—Por cierto, ¿dónde te metiste la otra noche? —indagó Álvaro.

—Ufff, es una larga historia. Te la cuento en otro momento.

Me fui al baño sin decirle nada más, porque, si me ponía a contarle lo que me había pasado con Lola, estaba seguro de que volvería a llegar justo a la comisaría.

6

Pasar las siguientes semanas juntos

Lola

Esa mañana estaba siendo muy tranquila, hasta que mi padre me llamó para que fuera a su despacho. Por la manera en la que me habló supe que se trataba de trabajo, así que fui hacia allí lo más rápido que pude.

Llamé con los nudillos a la puerta y me dio paso. Pude comprobar que estábamos los dos solos, así que me senté frente a él y, en cuanto mi progenitor me miró, una sonrisa cruzó mi rostro. Por muy mayor que fuera yo, y muy comisario que fuera él, en su presencia siempre me sentía una niña.

Mi padre se cuidaba mucho, continuaba estando en forma y seguía siendo un hombre atractivo, a pesar de la edad. Yo lo quería con toda mi alma.

—Hola, pequeña. ¿Cómo vas? —Aunque a veces resultaba difícil, en el trabajo siempre intentábamos guardar las formas, menos cuando estábamos solos.

—Bien, como siempre —respondí encogiéndome de hombros.

—Este sábado nos juntamos en casa para comer. Vendrán Sonia, Eva y las niñas, yo que tú no me lo perdería.

—No sé, papá, ya veremos. —Mi padre sabía que eso era casi un «no» y torció el gesto. Entendía que le hiciera ilusión tenernos a todas en su casa, pero en esa familia yo era como la oveja negra y siempre sentía que no estaba a la altura de mi dulce y atenta hermana Sonia.

—Sabes que me hace ilusión estar rodeado de todas mis chicas —insistió.

—Lo sé, papá. Ya veremos, ¿vale? —A pesar de que ya era una mujer adulta, aún me costaba darle una negativa rotunda.

—Cariño...

Mi padre se quedó con la respuesta en la boca, porque alguien llamó a la puerta. Y la última persona que me apetecía ver entró en el despacho.

—Buenos días, ¿puedo pasar?

—Buenos días, Martínez. Toma asiento y os explico.

Me tensé en cuanto Nacho se sentó a mi lado. Noté sus ojos fijos en mi cara, pero continué con la vista clavada al frente y no le hice ni caso.

—Buenos días, subinspectora.

—Hola, Martínez. —Ni siquiera me volví a mirarlo.

Advertí que mi padre entrecerraba los ojos mientras alternaba la mirada de uno a otro. Lo último que deseaba era que mi progenitor se diera cuenta de la tensión que había entre nosotros, pero por suerte dejó eso a un lado, se puso en «modo comisario» y empezó a hablar.

* * *

Una hora después salíamos del despacho de mi padre sabiendo que durante las próximas semanas nos tocaría trabajar codo con codo. ¡Estupendo! Nacho acababa de llegar a la comisaría y ya íbamos a tener que pasar un montón de horas pegados el uno al otro. Maldita suerte la mía.

—Por lo visto vamos a pasar las siguientes semanas juntos. —La voz de Nacho sonaba de lo más insolente.

—No le veo el problema —respondí haciéndome la chula.

—En ningún momento he dicho que lo sea.

No volvimos a intercambiar palabra hasta que llegué a mi mesa y me di cuenta de que Nacho venía detrás de mí.

—Ya has oído lo que ha dicho el comisario, tenemos que proponer a tres agentes para que se infiltren. Tú conoces mejor que yo a las compañeras, ¿has pensado en alguien?

Desde que mi padre nos explicó en qué consistiría el operativo, tuve claro que Inés era perfecta para ese trabajo, pero no me entusiasmaba la idea de que se infiltrara. No me gustaba un pelo la gente con la que tendría que tratar y quería estar cerca de ella, por lo que tomé una decisión, incluso sabiendo lo mal que eso me lo haría pasar.

—Tendrás que encontrar tú a la tercera agente. Las otras dos seremos García y yo —propuse con una seguridad que no sentía.

—¿Tú? —contestó sorprendido.

Cómo me jodió su respuesta... Quizá no era la persona más adecuada para infiltrarme en ese operativo, y sabía que tendría que aguantar infinidad de comentarios de mal gusto, pero, que fuera precisamente él quien me contestara así, me picó. Mucho.

—¿Algo que objetar? —zanjé cuadrando los hombros y levantando la barbilla hasta encararme con su mirada.

—No lo digo por lo que creo que estás pensando. —Retrocedió un paso y levantó las manos a modo de disculpa—. Simplemente he preguntado porque eres la subinspectora y creía que la infiltración iba a cargo de las agentes.

Lo miré algo intrigada, tal vez no era tan imbécil como había supuesto.

—Tú limítate a buscar a la tercera. —Estaba tan acostumbrada a ser borde en mi trabajo que me salía solo... aunque igual me había pasado.

—¡A sus órdenes, jefa! —exclamó mientras se cuadraba y llevaba su mano derecha con los dedos juntos hacia la sien.

Dio media vuelta y se marchó con una sonrisa en los labios que me dejó algo aturdida, sin entender el motivo.

7

Hacéis tan buena pareja...

Lola

La mañana se me había hecho eterna, y encima me daba la sensación de que no había adelantado nada del papeleo que tenía acumulado.

Mi idea era ir a buscar un bocadillo y comérmelo mientras continuaba poniéndome al día con la faena, pero Inés tenía otros planes y consiguió arrastrarme hasta el bar que había frente a la comisaría.

Mi amiga y yo nunca hablábamos del trabajo fuera de este. Era algo que no habíamos acordado, pero que siempre habíamos llevado a cabo, por lo que me sorprendió la pregunta que me hizo, aunque técnicamente no se tratara de trabajo.

—¿Qué te parece el nuevo subinspector? —comentó Inés alzando varias veces las cejas.

—Es majo, no sé. —Intenté ser escueta para que cambiara de tema. Como si no conociera lo suficiente a mi amiga para saber que ella insistiría hasta obtener una respuesta clara.

—¿Majo? Venga ya, Lola. Quizá no lo has visto bien, porque ayer saliste corriendo nada más presentarte.

—Te aseguro que lo he visto muy muy bien.

—¿Eso qué quiere decir? —me planteó Inés, con la certeza de que se estaba perdiendo algo.

—Digamos que no esperaba encontrármelo ahí, teniendo en cuenta que la otra noche me acosté con él.

—¡¿Quéé?! Pero ¿eso cuándo ha pasado?, ¿y por qué no me has dicho nada? —Terminó la pregunta resoplando.

Me dio la sensación de que estaba bastante indignada, y algo de razón tenía, pues había esperado a que ella sacara el tema para soltar la bomba.

—Porque no nos habíamos sentado a hablar y porque no tiene mayor importancia. —Procuré quitarle hierro.

—Ah, pues nada. —Inés se enfurruñó y se cruzó de brazos como si fuera una cría.

En el fondo la entendía; ella necesitaba una amiga con la que comentar y diseccionar ese tipo de cosas, y yo evitaba aquellas conversaciones a toda costa. Me apiadé de ella.

—Si es que en realidad no fue nada. La noche que pasó lo de Sánchez fuimos al bar de siempre a celebrar que todo había acabado bien. Nacho también estaba allí, me acerqué, nos fuimos a un hotel y yo salí por patas antes de que él se levantara. Fin. —No pude hacer un resumen mejor.

—¿Le entraste como lo haces con todos los tíos? —quiso saber Inés con un atisbo de esperanza.

—Que yo sepa, no es nadie especial. —Con esa respuesta la esperanza desapareció de sus ojos.

—Es tu compañero.

—Pero en el momento en el que le entré no lo sabía. Te

aseguro que, si llego a poseer esa información, no me hubiera acercado a él.

Nos quedamos calladas unos instantes. Le di un trago a mi Coca-Cola echando mucho de menos el sabor de una cerveza bien fría, pero estaba de servicio...

—Y después te lo encontraste en la comisaría. Qué incómodo, ¿no? —intervino Inés rompiendo el silencio.

—Un poco sí, pero no pienso darle más vueltas. Voy a tener que trabajar con él y prefiero enterrar esa noche en el olvido.

—¿Serás capaz? Porque mira que el subinspector está estupendo. —Inés bizqueó y yo sonreí.

—También lo está Aarón y puedo hacerlo perfectamente.

—Eso es diferente, y las dos lo sabemos. Aarón y tú sois raros de narices, por eso vuestra relación es igual de extraña.

—No voy a quitarte la razón en eso.

—Y ahora que lo pienso, ¿por qué siempre acabas acostándote con los más guapos?

—Porque tengo mucho morro y porque los veo antes; te aseguro que, si llegas a estar tú y te hubieras interesado por alguno de ellos, poco podría haber hecho yo.

—¡Lola! No seas idiota, eres guapísima —se exasperó mi amiga.

—Pero está claro que tú lo eres mucho más. —De mí se podría decir que era mona, aunque Inés era espectacular, por algo ejercía de modelo.

—Anda, cállate. Estoy convencida de que se trata de esa

manera que tienes de entrarles, voy a tener que aprender de ti.

—Si mezcláramos mi morro con tu físico, conquistaríamos el mundo. —Las dos sonreímos al imaginarlo—. Aunque tú serías incapaz de decirle esas cosas a un tío. Se te suben los colores con comentarios mucho más inocentes.

—Tienes razón, pero ya va siendo hora de que se me pase. Si puedo posar en ropa interior y no ponerme roja siquiera, no entiendo por qué me cuesta tanto tomar la iniciativa con un hombre.

—Pues porque no te ha hecho falta nunca. —Así de claro. Inés solo tenía que hacer acto de presencia en un sitio para que los tíos la rodearan—. Además de que no te pareces en nada a mí y no los quieres solo para pasar una noche.

—A ver, que tampoco quiero matrimonio en la primera cita —matizó mi amiga.

—Ya, pero es que yo no paso de la primera cita, porque nunca repito con el mismo hombre.

—Con Aarón sí que repites —me pinchó Inés.

—Sí, pero ya te he dicho un montón de veces que solo es sexo. Deja de verle la parte romántica, porque no la tiene.

—Hacéis tan buena pareja...

—Y nos entendemos muy bien en la cama, que es lo único que me importa —sentencié, e Inés resopló.

—¿No te gusta ni un poquito? —Entonces la que soltó el aire fui yo; no entendía, con la de veces que habíamos hablado de eso, cómo le costaba tanto comprenderlo.

—Me gusta bastante —mi amiga abrió los ojos como

platos—, por eso me acuesto con él. ¿Tú sabes lo bueno que es en la cama?

—No, y tampoco quiero saberlo, pero...

La camarera llegó con nuestra comida e Inés se quedó con la contestación en la punta de la lengua. Yo di gracias por esa oportuna interrupción, porque conociendo a mi amiga podría estar dándole vueltas al asunto un buen rato más. Y, por mucho que se lo explicara, seguiría sin entenderlo, y mira que yo lo veía de lo más sencillo: sentía atracción por Aarón, él también por mí, los dos estábamos solteros y sin compromiso, así que, cuando nos apetecía, nos acostábamos juntos. No comprendía por qué era tan difícil de entender.

8

¿Quién se infiltra?

Lola

Esa misma tarde Nacho y yo nos reuniríamos con el resto de los compañeros que formarían parte del operativo para explicarles en qué consistiría. Se trataba de conseguir información de quiénes eran los cabecillas de una mafia rusa. Se los buscaba por traficar con mujeres y obligarlas a prostituirse. Lo ideal sería poder hablar con alguna de esas chicas, pero era sumamente difícil que delataran a sus captores, ya que suelen estar amenazadas, tanto ellas como sus familias.

Sin una denuncia con la que poder meterlos entre rejas, nos tocaba infiltrarnos a tres agentes y hacernos pasar por *escorts*; codearnos con los peces gordos e intentar interceptar alguna conversación en la que se les escapara algo. Y lo más importante y difícil, salir de allí sin que nos tocaran un pelo.

Cuando le comenté a mi padre que yo sería una de las infiltradas, puso el grito en el cielo, pero al final tuvo que ceder, ya que soy políglota y el ruso es uno de los idiomas que entiendo y hablo a la perfección. Y esa era precisamente la procedencia de los cabecillas de la red.

* * *

Entre Nacho y yo acabábamos de explicar en qué consistiría el operativo y habíamos dejado para el final qué tres agentes de la comisaría se infiltrarían y se harían pasar por prostitutas de lujo.

—Vale, turno de preguntas —anunció Nacho alzando la voz.

Tenía claro que ese era el momento más complicado, porque sabía de sobra cuál sería la primera pregunta que harían y me preparé para lo que se me venía encima.

—¿Quién se infiltrará? —dijo Samuel.

Ahí estaba. Tuve que hacer un esfuerzo por no cerrar los ojos, pero me recordé a mí misma que yo no era de ese tipo de personas, así que me enderecé y posé mis ojos en Samuel con desafío. Sin embargo, fue Nacho quien contestó.

—Las agentes García, Pérez... —hasta ahí todo bien. Se trataba de las dos agentes más guapas de la comisaría; aunque Inés lo era mucho más, Isabel también era muy explosiva. Se oyó un murmullo de aprobación entre los compañeros— y la subinspectora Jiménez. —Un denso silencio se apoderó de la sala. Todos los ojos se encontraban puestos en mí y yo, que solo sabía defenderme atacando, estuve a punto de saltar, pero, antes de que lo hiciera, Nacho volvió a hablar—. ¿Alguna otra pregunta?

—¿Qué tendrán que hacer exactamente las chicas?

Nacho resopló porque ni él ni yo teníamos claro si esa pregunta era seria o simple morbo.

—Agente Pereira, no sé cómo está tu nivel de inglés, pero creo que todos sabemos lo que quiere decir la palabra *escort*, ¿o tal vez me equivoque?

Se oyeron unas cuantas risas ahogadas.

—A lo que me refiero es a que parece peligroso meterse en la boca del lobo y salir de allí sin que las toquen —añadió Pereira intentando arreglarlo, cosa que no acabó de conseguir. Sin embargo, Nacho era demasiado diplomático como para reprochárselo.

—Pues ahí es justo donde entramos nosotros: tenemos que hacer todo lo posible para sacarlas de aquel lugar en cuanto la cosa empiece a ponerse fea.

—¿Qué criterios se han establecido para seleccionar a las dos agentes y a la subinspectora? —En eso se resumían todas las vueltas que había dado para acabar haciendo la pregunta que, en realidad, quería hacer desde el principio.

—No sé qué es lo que quieres saber exactamente... —gruñó Nacho, aunque estaba muy claro a dónde quería llegar.

—Verás, jefe, entiendo muy bien que las agentes García y Pérez se hagan pasar por *escorts*, pero la subinspectora Jiménez...

—Pereira, no tenía ni idea de que ahora eras tú quien tomaba las decisiones en esta comisaría —lo interrumpí con una voz tan fría y cortante que no hubo opción a réplica—. Si no hay más preguntas, podéis iros.

No los dejé seguir preguntando, porque sabía que, si no

ponía a Pereira en su sitio, aquello se convertiría en un acoso y derribo contra mí, y no pensaba permitirlo.

Cuando todos salieron de la sala y yo estaba a punto de hacerlo, Nacho se acercó a mí y me cogió con suavidad del brazo. Bajé los ojos hasta su agarre, observé la mano que me sujetaba y subí la vista hacia él para matarlo con la mirada.

—¿Estás bien? —susurró.

—No entiendo por qué no debería estarlo —respondí con chulería, pero intentando ocultar todas las emociones que me embargaban.

—¿Podemos hablar un momento? —pidió.

—Para pedirme eso no hace falta que me toques —masculle.

Me soltó en el acto y yo me hubiera dado una hostia a mí misma. Nacho no tenía la culpa de mis inseguridades, pero la tensión acumulada durante las últimas horas me estaba pasando factura.

—Perdona, no era mi intención incomodarte. —Era la persona más políticamente correcta que había conocido nunca.

Me pidió que nos sentáramos para acabar de concretar unas cosas y ultimar los detalles del operativo. No llevábamos ni diez minutos cuando alguien llamó a la puerta. Le dimos paso los dos a la vez.

—Hola —saludó Aarón mirándome solo a mí—. Jefa, los chicos y yo vamos a salir a tomar algo, ¿te apuntas?

Noté que los ojos de Nacho también se clavaban en mí.

—¿Estaréis donde siempre? —pregunté, aun conociendo la respuesta.

—Sí, claro.

—Pues, si acabo pronto, me paso.

—Vale.

Aarón cerró la puerta y Nacho y yo todavía estuvimos una hora más repasando datos. Cuando terminamos de recoger y me levanté para dirigirme hacia el vestuario, Nacho me preguntó:

—¿Vas a ir a tomar algo con los chicos?

—Pues, aunque estoy cansada, creo que sí. Ha sido un día muy largo y necesito relajarme.

—¿Te importa si te acompaño? —Su petición no me sorprendió, era nuevo en la comisaría y necesitaba relacionarse fuera de esas cuatro paredes.

—No, qué va. Nos vemos en la puerta en diez minutos.

9

Se marcharon juntos

Nacho

Cuando me dirigía hacia la salida, vi que Lola ya me esperaba. Nunca había conocido a una mujer que acabara de arreglarse antes que yo.

Mientras llegaba, la observé con curiosidad. Llevaba una indumentaria parecida a la del día que la conocí: deportivas, tejanos y una camiseta, aunque esta se pegaba a su cuerpo mucho más que aquella horrible sudadera.

—Ya estoy aquí —comenté al ponerme junto a ella.

—¿Te ha llevado demasiado tiempo plancharte las puntas? —me preguntó mientras miraba mi pelo con desdén.

Solté una carcajada ante su comentario y vi una débil sonrisa asomar a sus labios.

—No te creas, tiene su truco. —Le guiñé un ojo cuando me observó, y ella apartó con rapidez la mirada.

Caminamos unos minutos en silencio, sin que este resultara incómodo. Pero yo necesitaba aclarar algunas cosas con ella.

—Lola, respecto a lo que pasó la otra noche entre nosotros... —No me dejó continuar.

—Entre nosotros no ha pasado nada más que un polvo de una noche. Punto —zanjó secamente.

—En realidad, fue más de uno. —De nuevo, un amago de sonrisa cruzó por su boca.

—Ya está, Nacho. Fin. Nos acostamos una noche, pero puedo asegurarte que no volverá a pasar. —Y lo dijo con tanta firmeza que no pude rebatirle nada.

Unos minutos después llegamos al bar, donde había un buen puñado de compañeros de la comisaría. Lola se separó de mí en el mismo instante en el que llegamos a ellos.

Me puse a hablar con uno de los agentes que trabajaban en mi equipo. No podía concentrarme en lo que me decía porque era incapaz de apartar los ojos de Lola, que en esos momentos charlaba con Inés mientras pedía algo de beber. Me reprendí mentalmente y centré mi atención en la conversación.

Llevaba un rato allí y estaba a punto de irme cuando observé que Aarón se levantaba del banco donde llevaba un tiempo sentado. Se despidió de los dos tíos con los que estaba hablando y se acercó hasta donde se hallaba Lola. Al llegar la cogió del brazo con suavidad—por lo visto a él sí le dejaba que la tocara—. Ella levantó la cabeza y miró a Aarón mientras hacía un leve gesto de afirmación.

Después de despedirse de todos con un simple «adiós», se dirigieron a la puerta y se marcharon juntos.

Los vi salir y una punzada de algo que no supe identificar me apretó el estómago. Antes de llegar al local, Lola me había asegurado que no volvería a acostarse conmigo, pero obviamente no le importaba hacerlo con Aarón.

Cuando se fueron, decidí quedarme un rato más para ver si con otra copa conseguía que desapareciera el mal cuerpo que tenía. Estaba pidiendo en la barra y noté a alguien detrás de mí. Al volverme vi a Inés. Permanecí unos segundos mirándola, quizá más de lo que se consideraba correcto, pero es que era una de las mujeres más guapas que había visto en mi vida.

—¿Te apetece tomar algo? —le pregunté.

—Una cerveza, por favor.

En cuanto me sirvieron las bebidas, las cogí y nos sentamos a tomárnoslas en un par de bancos que había junto a la barra.

—¿Qué tal te estás adaptando? —Esa pregunta me la habían hecho un buen puñado de veces en los últimos días.

—Bastante bien. —Siempre respondía lo mismo.

Inés carraspeó y continuó hablando. Eso sí, cambiando de tema por completo.

—He visto cómo mirabas a Lola mientras se iba con Aarón —comentó como si tal cosa, sin darle importancia, pero a mí me sorprendió su comentario. No había sido consciente de que se me hubiera notado tanto que los observaba.

—¿Perdona? —Me quedé tan cortado que no supe qué más decir.

—Lola es una de las mejores personas que conozco, y debajo de esa fachada de mujer dura y borde hay otra que vale la pena conocer —soltó sin venir a cuento.

—No entiendo por qué me estás explicando todo esto.

—Nadie en la comisaría se ha tomado la molestia de conocerla.

—Parece que Aarón sí la conoce bien. —Me arrepentí de esas palabras en cuanto salieron por mi boca; ¿y a mí qué cojones me importaba?

—Esa es una historia que no me corresponde a mí contar. —Inés me observó en silencio durante unos instantes antes de proseguir—. Lola es la hija del jefe y dan por hecho que es una enchufada, pero no sé de nadie que haya hecho más méritos para estar donde está que ella.

—Pues perfecto, ¿no? —Intenté mostrar indiferencia, aunque había estado pendiente de cada palabra que ella pronunciaba.

—Sí, maravilloso. —La boca de Inés se ensanchó mostrando unos dientes perfectos y una media sonrisa que no me gustó un pelo. Me pareció que iba a comentar algo más, pero en el último instante debió de pensárselo mejor y se calló.

Pasamos mucho más rato hablando de otras cosas. En ese tiempo descubrí que Inés era una mujer muy inteligente que compaginaba su trabajo de policía con el de modelo. También me percaté de que los hombres caían rendidos a sus pies, cosa que no me extrañó en absoluto. Incluso, durante el tiempo que estuvimos charlando, no hubo un solo tío que no se la comiera con la vista, aunque ella pareció no percatarse de ninguna de esas miradas.

Cuando salí del local la acompañé a buscar un taxi, me despedí de ella y, mientras me dirigía hacia mi casa, no pude evitar pensar que al final me había ido mucho más tarde de lo que en un principio era mi intención, y más solo que la una.

10

Replantear las reglas

Lola

Suspiré profundamente, satisfecha. El sexo con Aarón siempre era estupendo, porque nos conocíamos tan bien que sabíamos qué teclas tocar, lo que resultaba muy agradable.

Me desperecé y me levanté de la cama. Cogí la ropa que se encontraba esparcida por el suelo y estaba acabando de ponerme la camiseta cuando Aarón rompió el silencio.

—Ya te vas —afirmó.

—Sabes que sí —sentencié bastante seca.

—Podrías quedarte a dormir, no hace falta que salgas corriendo cada vez que nos acostamos.

En cuanto él terminó de hablar, me volví de golpe para mirarlo.

No, joder, no. Lo último que necesitaba era que la relación que Aarón y yo manteníamos cambiara.

—¿Tenemos que replantear las reglas? —procuré bromear, pero no me salió bien—. Sabes de sobra que esto es sexo y nada más. Venimos, echamos un polvo y me voy. Fin.

—Continuaría siendo sexo y nada más, aunque te quedaras a dormir de vez en cuando. Son las tres de la madrugada, no me hace ninguna gracia que te vayas sola a estas horas.

—Aarón, soy subinspectora de policía y voy a coger un taxi, como siempre. No entiendo a qué viene todo esto.

—Y yo no comprendo por qué te resulta tan descabellado quedarte a dormir.

Después de que él acabara de pronunciar esas palabras supe que había llegado el momento de poner distancia entre nosotros.

—Aarón, vamos a estar un tiempo sin acostarnos, ¿de acuerdo? Ya volveremos a hablar cuando pasen unas semanas.

—¡¿Qué?! No. —Se incorporó en la cama—. Solo porque te he dicho que te quedes a dormir…, ¿de verdad? —Parecía confundido.

—No. Solo porque creo que estás empezando a necesitar cosas que ni quiero ni voy a darte.

—Joder, Lola, eres la tía más fría que he conocido en mi vida —protestó, y algo en mí se resquebrajó. Porque tenía razón en que me comportaba de manera muy fría con los hombres, pero ¿realmente lo era? Estaba empezando a creer que sí.

—No obstante, eso ya lo sabías cuando comenzamos a liarnos, no te he engañado en ningún momento. Además, creo recordar que te advertí de que no cambiaría.

—No te estoy pidiendo que cambies, ni siquiera quiero que nuestra relación sea diferente, solo te digo que no pasa nada porque te quedes a dormir, creo que no es tan difícil de entender.

Quizá tuviera razón y solo se tratara de eso, pero no me apetecía tentar a la suerte y prefería poner distancia antes de que las cosas se complicaran.

Al ver que no le contestaba, Aarón se levantó de la cama completamente desnudo y yo pensé que era una pena que tuviera que renunciar a ese cuerpo porque él quisiera reconsiderar los términos de nuestra «no» relación.

Se puso unos calzoncillos y salió de la habitación resoplando. Dos minutos después entré en la cocina, donde él se estaba tomando un café. No quise recordarle que eran las tres de la madrugada y que, por tanto, beber café a esas horas quizá no era la mejor de las ideas.

—Me voy —anuncié.

—Grr —gruñó.

—Aarón, no quiero que esto interfiera en el trabajo. —Lo que verdaderamente quería decirle era que no deseaba que dejáramos de ser amigos, porque para mí lo era, pero mi yo borde muy pocas veces me dejaba expresar lo que en realidad pensaba.

—Claro que no, jefa. Faltaría más. —Puso mayor énfasis en la palabra *jefa* y se fue de la cocina, dejándome allí plantada.

Cinco minutos después caminaba hacia la parada de taxis mucho más afectada de lo que me hubiera gustado reconocer. No porque sintiera algo por Aarón, sino porque tenía la sensación de que esa noche algo había cambiado entre nosotros y estaba casi segura de que a partir de ese momento perdería mucho más que a mi compañero de cama.

* * *

La mañana en la comisaría fue frenética y apenas tuve tiempo de hablar con nadie. Quería explicarle a Inés lo que me había pasado la noche anterior con Aarón, pero me resultó imposible tener un hueco con ella.

En un momento dado me percaté de que alguien estaba delante de mi mesa y, antes de elevar la vista, un vaso con café se posó frente a mí. Al levantar la cabeza vi que se trataba de Nacho. Por un instante creí que era Aarón el que había venido a verme para acercar posiciones. Y eso resultaba de lo más absurdo, cuando fui yo la que le pidió que se mantuviera alejado.

—Vaya, pareces decepcionada. Si lo sé, no te lo traigo —soltó intentando que sonara a broma, pero sin acabar de conseguirlo.

—No es eso, sencillamente he pensado que eras otra persona.

—Gracias, eso está mucho mejor —ironizó.

—Lo siento, no tengo un buen día. —No quería seguir hablando con Nacho; me daba la sensación de que este podía ver partes de mí que para otras personas pasaban inadvertidas. Le agradecí que por lo menos cambiara de tema.

—¿Estás preparada para esta noche?

—Yo nací preparada —fanfarroneé, y él sonrió.

—Os cambiaréis en la comisaría, ya ha llegado el ves-

54

tuario. García y Pérez no paran de hacer comentarios sobre lo poco que cubren las prendas.

—Estupendo, eso es simplemente maravilloso, porque, si a ellas les parece que no cubren mucho, para mí serán poco más que un bikini.

—He visto bikinis que tapan más que esa ropa —comentó Nacho. Yo cerré los ojos y respiré hondo.

—¡Quién me mandaría a mí meterme en esto! —fue lo único que pude pronunciar.

—Te recuerdo que la decisión la tomaste tú.

Alcé la cabeza y lo fulminé con la mirada. Mi compañero dio un paso atrás y se alejó de mi mesa levantando las manos y soltando una fuerte carcajada.

Volví a bajar la vista y me cubrí el rostro con las manos. Pensé en la noche tan larga que me esperaba y me sorprendió que lo que menos me preocupara fuera estar rodeada de un puñado de proxenetas rusos.

11

¿Os la imagináis en la cama?

Nacho

Estaba siendo una tarde de locos, pero ¿qué día no lo había sido desde que llegué a mi nuevo puesto de trabajo? Hacía un par de horas que las policías que iban a infiltrarse se habían encerrado en el lavabo y desde ese momento había tenido que oír todo tipo de comentarios. La comisaría estaba revuelta y, cuando alguno de los agentes había tratado de entrar a verlas, había captado los gritos de Lola desde mi mesa.

Ya estábamos todos preparados, solo faltaba que salieran las compañeras. Nos reunimos para esperarlas en la sala situada junto a la entrada.

—Me apuesto lo que queráis a que García nos la pone dura a más de uno —aseveró Samuel.

—Menuda mierda de apuesta, eso lo tenemos todos claro —respondió Blas.

Se oyó una risa general y yo me puse los dedos sobre el puente de la nariz, en un intento por calmarme.

—¡Podéis hacer el favor de callaros! —bramé.

Estaba hasta las narices de mandar callar a mis hombres, porque, en lugar de estar preparándonos para un operativo, eso parecía el patio de un colegio.

Todavía se oyeron algunos murmullos, pero estos cesaron cuando salió la primera de las chicas.

Pérez llevaba una minifalda de lentejuelas y un top con un escote más que generoso; tenía bastante pecho y el atuendo le daba un aspecto muy explosivo. Iba maquillada y llevaba el pelo recogido en una especie de moño bajo que le aportaba cierta elegancia. Clavó la vista en el suelo y apresuró el paso hasta donde estábamos, soportando los silbidos del resto de mis compañeros y con el rostro completamente rojo. Se notaba que la pobre no se sentía demasiado cómoda. Volví a pedir a mis hombres que guardaran silencio en cuanto percibí que el bochorno empezaba a disgustarle.

La siguiente fue Inés. Llevaba un vestido rojo muy muy corto que se pegaba a su cuerpo como una segunda piel. Los labios pintados de ese mismo color hacían que posaras la mirada en ellos. El vocerío de mis compañeros se multiplicó por cinco y ella dio una vuelta con lentitud sobre sí misma para que pudiéramos contemplarla mejor. No pude evitar sonreír cuando inclinó medio cuerpo hacia delante para saludar, dando una visión mucho más tentadora de su escote. Caminó despacio, contoneando las caderas, hasta donde estábamos tanto yo como los demás agentes. Estos no habían parado de gritar y aplaudir como si fueran un puñado de críos en lugar de hombres hechos y derechos. Sin embargo, se notaba que Inés estaba muy acostumbrada a que la miraran y parecía que los comentarios de mis compañeros no le afectaban en absoluto.

Unos segundos después salió Lola. Yo estaba apoyado en una mesa y tuve que levantarme. La sala se sumió en un silencio sepulcral. Llevaba un vestido negro, tan corto como el de Inés y que se ajustaba a todas sus curvas, que no eran pocas. Los zapatos tenían un tacón muy alto, con el que no parecía tan pequeñita. Se había maquillado y peinado a conciencia y estaba realmente preciosa, pero al mirarla a la cara vi tanta vulnerabilidad en ella que me estremecí. No pude evitar pensar que, por muy increíble que estuviera vestida así, esa no era ella. La prefería con sus deportivas, sus tejanos y esa mirada de desafío constante.

—No sé qué coño estáis mirando. Andando —advirtió Lola, y yo fui el primero en ponerme en movimiento.

* * *

Llegué a casa tardísimo y me metí en la cama agotado. Durante el operativo no habíamos descubierto nada, aunque ya teníamos claro que no lo haríamos en la primera noche. También estaba cansado mentalmente porque, en lugar de dirigir un operativo policial, me dio la sensación de que supervisaba a un puñado de adolescentes salidos. Y es que esa noche tuve que hacer callar a mis hombres en más de una ocasión, ya que, cuando las chicas se fueron, los comentarios se dispararon.

Lo que comentaron sobre Pérez duró unos pocos segundos, cuando empezaron a hablar de Inés tuve que pararlos porque lo más bonito que dijeron fue que estaba para hacerle un traje de saliva, pero con quien estaban sorprendidos de verdad era con Lola. Yo entendía que, por su manera de actuar y de vestirse, lo último que imaginaban era que debajo de toda esa ropa enorme hubiera un cuerpo como el de Lola, eso sin contar con que, según decían, jamás la habían visto con nada de maquillaje, ni siquiera con el pelo suelto. Todo eso lo comprendía, pero de ahí a que le faltaran al respeto...

—¿Dónde coño ha estado escondiendo ese cuerpo durante tanto tiempo? —intervino uno de ellos.

—Joder, ¿os la imagináis en la cama? Será de esas a las que les gusta...

No lo dejé acabar.

—¿Podéis hacer el puto favor de no hablar así de vuestras compañeras y centraros en el trabajo?

Era la tercera vez que lo decía, pero en esa ocasión elevé la voz, ya que hasta el momento no me habían hecho mucho caso. Pareció funcionar y no hicieron más comentarios mientras yo estuve presente, pero volvieron a la carga cuando me alejé un poco y creyeron que no los oía.

—¡Qué cabrón, Aarón, te lo tenías la mar de calladito! —susurró Samuel.

—¿Qué cojones querías que dijera? —se excusó él.

—Pues no sé, por ejemplo, que estaba así de buena —insistió Samuel.

—Parece que sea la primera vez que la veis, joder. —Aarón parecía agobiado.

—No es la primera vez, pero no teníamos ni idea de lo

59

que la subinspectora escondía cuando se soltaba la coleta o debajo de esa ropa grande y horrible que siempre lleva.

—Sabes que la cara sigue siendo la misma con ropa grande y con coleta que con el vestido que lleva hoy, ¿verdad? —rebatió Aarón.

—No, si hay que reconocer que de cara siempre ha sido mona.

Estuvieron en silencio durante unos instantes y yo creí que por fin iban a dejar el tema. Me equivoqué.

—Esta debe de ser de las que te endiñan cuando follan —expresó uno que no sabía quién era.

—Yo creo que le tiene que encantar dar órdenes, como en la vida real —apuntó Ibai.

—Pues os equivocáis; no le gusta dominar, supongo que estará harta de mandar, aunque con esto no quiero decir que sea pasiva; es una auténtica fiera en la cama.

Ante el comentario que acababa de soltar Aarón tuve que apretar la mandíbula. Se suponía que yo no los estaba oyendo, pero me pareció propio de un completo gilipollas compartir esa información con un buen puñado de compañeros, y encima que para algunos de ellos era su jefa. Pero es que, aunque no lo fuera y ni siquiera la conocieran, tampoco lo vería apropiado.

—Creo que me he puesto cachondo.

—Tú llevas cachondo desde que las has visto con esos vestidos.

—Joder, creo que no voy a poder mirar a Lola con los mismos ojos, porque...

No dejé que Samuel terminara la frase.

—¡Queréis callaros ya! Como tenga que volver a decir que os pongáis a trabajar, os tengo rellenando informes las próximas semanas, ¡que parecéis imbéciles! —grité mientras me acercaba a ellos.

Miré a Aarón especialmente mal, pero este me mantuvo la mirada mucho más tiempo del que pensaba que sería capaz. Al final bajó la vista hacia lo que estaba haciendo.

* * *

En esos momentos, mientras estaba tumbado en mi cama, no pude evitar rememorar la noche que pasé con Lola. Aarón la había descrito a la perfección, y precisamente por eso aún me dio más rabia.

12

En mi casa hay una habitación vacía

Nacho

Esa noche no había dormido demasiado bien. Al final, acabé conciliando el sueño bastante tarde, por lo que me desperté con la hora justa y no me dio tiempo ni a tomarme un café.

Nada más entrar en la comisaría tuve la sensación de que algo no iba bien. La confirmación llegó cuando aún no había dejado las cosas en mi mesa y el comisario ya me llamó a su despacho. Mientras subía las escaleras, suspiré pensando cuánto necesitaba mi dosis de cafeína.

Al entrar, me encontré con Lola, Inés y Pérez (de la que desconocía su nombre de pila). Las tres permanecían de pie. Inés me miró de reojo y Lola lo hizo directamente a los ojos, pero Pérez no levantó la vista de sus manos, las cuales estrujaba con nerviosismo. Yo miré al comisario, que parecía alterado, y eso me dio mala espina, porque este era conocido por su aplomo.

—Sentaos. —Acercamos unas sillas al escritorio y tomamos asiento—. Martínez, me dirijo a ti porque, obviamente, las chicas ya están al tanto de lo ocurrido, ya que esta noche han forzado la cerradura y han entrado en el piso de Lola y García. —No se me pasó por alto que los nervios habían hecho al comisario llamar a su hija por su nombre; era la primera vez que lo hacía desde que yo trabajaba allí.

—¿Ha desaparecido algo? —pregunté.

—No, que nosotros sepamos, y no tiene demasiado sentido. Da la sensación de que, en lugar de entrar a robar, lo que pretendían era asustarlas.

»En el de la agente Pérez no tenemos constancia de que lo hayan intentado, pero prefiero que salga de allí también, por si acaso. —El comisario tomó aire para continuar—. No estamos seguros de que esto guarde relación con el caso que estáis investigando, pero me quedaré mucho más tranquilo si tomamos algunas medidas.

—¿Qué tipo de medidas? —indagó Lola.

El comisario obvió su pregunta y clavó sus ojos en mí.

—Martínez, necesito que me busques un piso franco para llevarlas mientras dure el operativo.

—Señor, si es posible, a mí me gustaría irme a mi segunda residencia, que solo está a media hora de aquí. No quiero mudarme durante un tiempo incierto y dejar a mis hijos y a mi marido solos.

Noté que el comisario dudaba en el mismo momento en el que Pérez mencionó a los niños.

—Me parece bien, pero quiero la dirección exacta y, mientras dure el operativo, asignaré a algún agente para que no te pierda de vista.

—De acuerdo —aceptó Pérez.

—Lola, tú podrías venir a casa —rogó el comisario a su hija.

—Ya sabes que no lo haré; además, no dejaré sola a Inés.

—Pues que se venga también —insistió.

—Papá, tu casa siempre está llena de gente y sabes que adoro a mis sobrinas, pero solo para un ratito. —Cuando acabó de hablar, Lola se volvió hacia mí con la súplica escrita en los ojos. Yo no sabía qué era exactamente lo que quería que hiciera, pero en cuanto contemplé esos ojos no pude resistir que me mirara así, por lo que actué sin pensar y propuse lo primero que se me pasó por la cabeza.

—En mi casa hay una habitación vacía con una cama de matrimonio: si queréis, podéis venir. —Mi hermano iba a matarme. Joder, ¿cómo se me ocurría proponer algo así sin contar con él?

—Pues arreglado —soltó Lola con rapidez.

El comisario me miró entrecerrando los ojos; yo quise decir que solo se trataba de una broma y que lo mejor era que se quedaran en otro lugar, pero, antes de poder reaccionar, él habló.

—De acuerdo. El subinspector Martínez será el encargado de la seguridad de la agente García y la subinspectora Jiménez. Quiero ser informado de cualquier novedad, por insignificante que sea —ordenó el comisario—. Tengo la sensación de que las cosas se van a poner feas. —Dio la impresión de que esto último lo decía más para sí mismo que para nosotros.

Lola resopló en cuanto su padre acabó de hablar.

—Señor, tanto García como yo somos capaces de cuidarnos solitas; además, tengo el mismo rango que el subinspector Martínez y no necesito una niñera —respondió Lola con desafío, y yo cerré los ojos porque rebatirle así a un comisario, por muy padre suyo que fuera, era un error.

—Subinspectora Jiménez, si estás pensando que hago esto porque seas mi hija o porque seas mujer, es que te he educado jodidamente mal. Aquí somos comisario y subinspectora, así que haz el favor de no discutir mis órdenes. —Lola bajó la cabeza mientras yo miraba al hombre, que parecía bastante cabreado—. La reunión ha terminado, ya podéis volver al trabajo —bramó, dando el tema por zanjado.

Al salir del despacho, me dirigí hacia mi mesa y, cuando estuve sentado, pude darle vueltas a lo que habíamos hablado allí.

Yo también creía, al igual que el comisario, que las cosas iban a ponerse feas. Que hubieran entrado en casa de ellas dos hacía pensar que las estaban investigando. Menos mal que barajamos esa posibilidad, por muy remota que nos pareciera, y no dejamos ni una sola pista en sus pisos que les hiciera sospechar que eran policías.

Tampoco podrían seguir mucho más tiempo infiltrándose sin que la cosa se pusiera difícil. Se suponía que eran mujeres de compañía y resultaría imposible alargar las situaciones incómodas con las que iban a encontrarse. Hasta ese momento no habían pasado de alguna insinuación y alguna mano más suelta de la cuenta, pero teníamos claro que no podríamos prolongarlo.

Le di vueltas a todo eso, para no seguir pensando en el

hecho de que la agente García y la subinspectora Jiménez pasarían un tiempo indefinido en mi casa. A pesar de habernos acosado juntos, Lola y yo no teníamos una relación demasiado estrecha fuera del ámbito laboral; sin embargo, de pronto la tendría viviendo conmigo. Suspiré, vaya manera de complicarme la vida, con lo guapo que estaba con la boca cerrada...

Por si todo eso fuera poco, cuando se lo dijera a Álvaro, la tendríamos gorda. Más que nada porque ni siquiera le había pedido permiso y mi hermano era muy tiquismiquis con su espacio y sus cosas. Además, pasaba temporadas trabajando desde casa y sabía que tenerlas por allí no le iba a hacer ni puñetera gracia.

Me distraje un rato rellenando informes que tenía pendientes hasta que noté que alguien se paraba frente a mi mesa. Cuando levanté la mirada vi a Lola. Me percaté de que no parecía cómoda y no tuve ni idea de lo que iba a decirme.

—Gracias por haber ofrecido tu casa —susurró.

Desde luego no era su gratitud lo que me esperaba, y menos viniendo de ella, pero no me dio tiempo a contestarle porque, tras decir esto, dio media vuelta y se marchó.

No pude evitar seguir el movimiento de sus caderas hasta que desapareció de mi vista.

13

Cruzar la línea

Lola

Me sentía bastante afectada porque había traspasado con mi padre una línea que me había prometido no cruzar jamás. Muchas veces me resultaba difícil separar la parte laboral de la familiar, pero hasta ese momento nunca le había contestado así. Y, encima, lo había hecho delante de otros compañeros.

Cuando llegué a mi mesa me cubrí la cara con las manos y suspiré. Menuda cagada, y lo peor era que él estaba llevando el caso con mucha preocupación por mí y no me gustaba verlo de esa manera.

Se asustó muchísimo al enterarse de que habían entrado en nuestro piso, pues, aunque los dos éramos policías y sabíamos a lo que nos enfrentábamos, ese miedo sobrecogedor no dejaba de estar presente cuando algo así sucedía.

* * *

Esa tarde, al terminar de trabajar, Nacho nos esperó a la salida para llevarnos a nuestro piso y que pudiéramos recoger lo que necesitáramos. No podía ser demasiado, porque, tal y como nos informó, solo había un armario individual en la que a partir de ese momento sería nuestra habitación.

Inés se quejó; yo no dije nada porque con la mitad del armario tenía más que suficiente, e intuía que debería ceder una buena parte más a mi nueva compañera de cuarto.

Apenas tardé unos quince minutos en meter en una maleta lo que creí que me haría falta durante los próximos días. Cuando terminé salí al salón, donde encontré a Nacho sentado en el sofá.

—Yo ya estoy, pero creo que a Inés aún le falta un rato. ¿Quieres algo de beber?

—Por apetecerme, me tomaría una cerveza, pero tengo que conducir hasta mi piso y, aunque está cerca, mejor me bebo un vaso de agua.

—Pues ahora te lo traigo —anuncié mientras me daba la vuelta.

—No te preocupes, ya voy yo.

Me dirigí a la cocina y pude notar que Nacho me seguía. Abrí la nevera, pero me dijo que prefería agua natural. Cuando llené el vaso y se lo di, nuestros dedos se rozaron. Me quedé un instante observándolos y, al levantar la vista, él posó sus ojos en mi boca. Tragué saliva porque un calor profundo y denso se apoderó de mi estómago. Me sorprendió que un simple roce y una mirada pudieran despertar algo tan intenso en mí.

Él alzó su otra mano y pasó el pulgar por mis labios,

haciendo que estos se abrieran ligeramente. No había suavidad en esa caricia y mi respiración se aceleró.

—Lola... —Su voz era una mezcla de deseo y súplica.

Cuando dio un paso hacia mí y nuestros cuerpos casi se rozaron, me aparté de él y salí lo más rápido que pude de allí. Necesitaba poner distancia y analizar qué había sido todo eso.

Me encerré unos minutos en el cuarto de baño, me senté en la tapa de la taza abrazándome las piernas y llegué con rapidez a la conclusión de que deseaba a Nacho, simplemente era deseo. Eso había sentido hacía unos minutos en la cocina, y, si solo se trataba de eso, yo era muy capaz de manejarlo.

No obstante, no podía ponerme así por un simple roce y, como tenía claro que no iba a volver a acostarme con él, necesitaría hacerlo con algún otro. Con urgencia.

* * *

No hablamos demasiado durante el trayecto hasta casa de Nacho. Lo miré de reojo un par de veces y él parecía más serio de lo normal, así que cuando llegamos a su piso todos estábamos algo alterados.

Nada más abrir la puerta, noté algo raro y mis alarmas se dispararon. Me llevé la mano a la parte trasera, donde llevaba el arma, y la agarré.

En el momento en que los tres entramos en el salón, del pasillo salió un tío. Inés gritó y yo saqué mi pistola, apuntándolo a la cabeza.

—Todo el mundo quieto. Este es mi hermano. —Nacho

pronunció las palabras muy despacio, colocándose entre su hermano y mi arma.

Bajé la pistola en el acto y Nacho se hizo a un lado. Miré al hombre que había frente a mí. Era muy guapo, pero poseía cierto aire intelectual; supongo que se debía a las gafas de pasta que llevaba puestas y a su manera de vestir, mucho más formal que la de Nacho. En cuanto acabé de procesar todo eso, me volví hacia mi compañero.

—Pero ¿tú eres imbécil o qué te pasa? ¿Cómo no se te ha ocurrido informarnos de que vivías con tu hermano? Me ha dado un susto de muerte.

—Perdona, pero el susto me lo he llevado yo, que casi me da un paro cardiaco. —Miré al hermano de Nacho, que no parecía en absoluto afectado—. Me llamo Álvaro, ¿y vosotras sois...? —preguntó elevando una ceja.

—Yo soy Lola, encantada. —Le di la mano a modo de saludo, pero Álvaro la cogió y me acercó a él para darme dos besos.

Noté que Inés me empujaba ligeramente para presentarse y me sorprendió que el hermano de Nacho la mirara apenas sin verla y volviera a posar sus ojos en mí.

—Yo soy Inés. —Casi me caigo de culo cuando Álvaro hizo justo lo contrario que conmigo. Mi amiga fue a darle dos besos y él le tendió la mano. Inés se quedó completamente descolocada, no estaba en absoluto acostumbrada a que ningún tipo la tratara así.

—Álvaro, ¿podemos hablar un momento? —planteó Nacho con mucha cautela.

—Sí, está claro que esto merece una buena explicación

—contestó el aludido mientras se encaminaba a lo que yo deduje que sería la cocina.

Antes de entrar en ella, Nacho se dio la vuelta y nos comentó:

—Chicas, vuestra habitación es la del fondo a la derecha. Hay dos cuartos de baño. Llevaré mis cosas al de Álvaro, vosotras podéis quedaros con el que está junto a vuestra habitación.

—Gracias —contestamos Inés y yo a la vez.

La estancia era mucho más amplia de lo que me esperaba, pero mi amiga hiperventiló cuando comprobó las dimensiones del armario.

—Aquí no cabe nada —sentenció.

—No te preocupes, todo para ti, mi ropa puede quedarse en la maleta. —Intenté tranquilizarla.

—Ni con esas voy a poder meter ni la mitad de las cosas que he traído. —Puse los ojos en blanco ante su protesta.

Solo había colocado dos prendas en el armario cuando se sentó en la cama con cara de abatimiento, pero de pronto sonrió.

—¿Qué te ha parecido el hermano de Nacho?

—Pues un tío guapo, pero, si lo viera en cualquier local, no me fijaría en él. Tiene pinta de parecer buen chico, ¡ya me entiendes! —Aunque, como no las tenía todas conmigo de que comprendiera a lo que me refería, intenté aclarárselo—. Álvaro no parece el típico tío que busca un polvo de una noche, da más la sensación de ser un hombre de relaciones serias y largas, pero quizá estoy completamente equivocada.

—Sí, supongo que tienes razón.

—Y, a ti, ¿te ha gustado? —No tenía claro que a Inés le hubiera sentado muy bien la forma de comportarse de Álvaro, la verdad es que había sido un poco maleducado con ella.

—No sé, me ha parecido bastante estúpido y, francamente, me da la sensación de que es gay —alegó.

—Puede ser, qué más da. —Pondría la mano en el fuego por que no lo era, pero a Inés no la había ignorado en su vida ni un solo tío y se la veía algo perpleja.

14

¿De qué os gusta la pizza?

Lola

Acabamos de poner nuestras cosas... o más bien las colocó Inés; yo me limité a meter mi ropa interior en el cajón de la mesita de noche y el cepillo de dientes en el vaso del lavabo, todo lo demás lo dejé dentro de la maleta.

—Tengo hambre, se ha hecho tarde y ya es la hora de cenar, pero no sé si es buen momento para salir. —Abrí la puerta y asomé la cabeza. Como no oí nada, volví a cerrarla y fui hacia mi equipaje—. ¿Sabes qué?, voy a darme una ducha rápida y a ponerme el pijama, luego hablaremos con ellos de la cena.

Cuando las dos hubimos pasado por la ducha y estuvimos listas, salimos al salón. No pude evitar comparar nuestros atuendos para dormir; eran bien diferentes. Inés llevaba un pijama de dos piezas de seda que, aunque era bastante discreto, en su cuerpo resultaba muy llamativo. Yo me había puesto unas mallas viejas y una camiseta enorme.

Cuando llegamos, Nacho y Álvaro ya se encontraban allí.

—Hola —saludamos algo cortadas.

Me resultaba extraño compartir piso con personas a las que apenas conocía. Encima, imaginaba que a Álvaro no le había hecho demasiada gracia que nos presentáramos en su casa, sin avisar y para vivir allí durante un tiempo indefinido.

—¿Habéis pensado en algo para la cena? —quise saber, y de paso romper el incómodo silencio que se había apoderado del salón.

—Pues se ha hecho un poco tarde —contestó Nacho mirando la hora en el móvil—. ¿Os apetece que pidamos unas pizzas? —preguntó alternando la mirada entre Inés y yo.

—Por mí, perfecto —respondí.

—Vale —susurró mi amiga, si bien yo sabía que ella jamás ingería carbohidratos pasadas las cinco de la tarde. Después me daría la noche con sus remordimientos, como si con el cuerpo que tenía no pudiera comer lo que le diera la real gana.

—¿Así que vais a quedaros aquí mientras dure el operativo? —inquirió Álvaro mirándome solo a mí e ignorando por completo a Inés.

—Sí. Parece que no te cuesta mucho pillar las cosas, ya decía yo que tenías cara de listillo —retrucó mi amiga.

El comentario de Inés me sorprendió porque ella siempre era muy educada con todo el mundo, pero parecía que el hecho de que Álvaro la hubiera ignorado de esa manera tan descarada no le había sentado demasiado bien.

—Vaya, veo que sabes calar muy bien a las personas —soltó él para, acto seguido, olvidarse de ella y volver a posar su mirada en mí.

—Ha sido todo muy precipitado, siento la invasión que supone para ti tenernos aquí a las dos. —No estaba acostumbrada a justificarme por las cosas que hacía, pero Álvaro se merecía algún tipo de disculpa.

Miré a Nacho, que me observaba alzando una ceja. Sabía muy bien lo que quería decir con ese gesto; a él le había dado las gracias, pero no creí que fuera necesario pedirle disculpas por haberlo puesto entre la espada y la pared en el despacho de mi padre. Al fin y al cabo, la decisión final había sido suya, al contrario que su hermano, que de pronto se veía con dos mujeres a las que no conocía viviendo en su casa y sin poder decir absolutamente nada al respecto.

—No te preocupes, estoy metido en un proyecto con el que paso bastantes horas fuera del piso —aclaró Álvaro. Al terminar de hablar me guiñó un ojo y por unos instantes pensé que quizá no tenía esa cara de niño bueno que le había adjudicado—. Me ha dicho mi hermano que también eres subinspectora —añadió cambiando de tema. Inés resopló y se puso a hablar con Nacho.

—Sí, lo soy —afirmé.

—¿Y cómo lo llevas?

—Antes, peor, pero con el tiempo he aprendido a que no me afecten según qué comentarios y a mantener a raya a mis subordinados. —Le hice un mohín a Álvaro. Era agradable hablar con alguien por quien no sentía atracción sexual y que no se dedicaba a lo mismo que yo.

—Supongo que no es fácil para nadie tener ese cargo.

—No, no lo es, pero a eso súmale ser mujer y la hija del

comisario. La cosa se pone mucho peor. —Álvaro silbó suavemente—. Y tú, ¿a qué te dedicas?

—Soy profesor de Historia en la universidad. Tu amiga me ha calado bien, soy un listillo, aunque me defino mejor con la expresión «ratón de biblioteca».

—¿De qué os gusta la pizza? —preguntó Nacho alzando la voz.

—A mí, mientras no lleve piña, me da igual —informé.

—¿A quién cojones se le ocurrió ponerle piña a la pizza? —me apoyó Álvaro.

—Pues a mí me gusta —masculló Inés.

—No sé por qué, pero no me sorprende —replicó Álvaro.

Después de un buen rato discutiendo, al final conseguimos ponernos de acuerdo con los ingredientes de la pizza e hicimos el pedido. Cenamos charlando de temas banales.

Me asombró que el hermano de Nacho no hubiera reparado en el cuerpo de Inés ni una sola vez, y eso que mientras quitábamos la mesa hizo un movimiento en el que se le levantó el pantalón, dejando medio cachete a la vista de todos. Nacho no pudo apartar los ojos de ella. Sin embargo, a Álvaro parecían no afectarle en absoluto los encantos de mi amiga.

Lo malo de todo eso era que me fijé en cómo lo miraba Inés; sabía que él se estaba convirtiendo en un reto para ella, quien nunca había necesitado ningún esfuerzo para conseguir a un tío. A ver lo que aguantaba Álvaro.

15

¿Te gusta lo que ves?

Historia de Inés y Álvaro

Álvaro era alguien tremendamente inteligente, pero, además, desde muy pequeño aprendió a calar muy bien a las personas y a no dejar traslucir sus emociones. Por eso, en el momento en el que vio a Inés, supo ocultar todo lo que pensó de ella.

Esa forma de ser le había servido mucho a lo largo de su vida, sobre todo cuando empezó a ejercer como profesor en la universidad. Y es que estaba habituado a ignorar a alumnas que tenían más ego del que les cabía en el cuerpo.

Con Inés no dudó, desde el mismo instante en que la tuvo delante, que no se trataba de ego, sino que era ese tipo de fémina a cuyos pies los hombres caían rendidos, y no le extrañaba. Realmente era la mujer más guapa que había visto nunca. Y la deseó de una manera y con una intensidad que le sorprendió hasta a él mismo. Sin embargo, sabía que comportándose como el resto de los tíos no conseguiría nada en absoluto de ella.

Inés iba a vivir con Álvaro durante un tiempo indeterminado y él no tenía claro qué era exactamente lo que quería de ella. De momento la ignoraría, pues, además de irle fenomenal por lo poco acostumbrada que debía de estar, la hacía rabiar y él se lo estaba pasando en grande.

Por ello Inés estaba completamente desconcertada; no recordaba la última vez que un hombre había pasado de ella de ese modo y, además de estar sacándola de quicio, empezó a convertir a Álvaro en algo así como un objetivo. Ni siquiera estaba segura de que le gustara; era guapo y muy interesante, pero ella había salido con tíos mucho más espectaculares, aunque había algo en él que despertó su interés desde el principio. Sin embargo, ella jamás había tenido que mover un dedo para conseguir a un hombre, por lo que todo eso le resultaba nuevo y emocionante.

—Me voy a la cama —comentó Inés cuando acabaron de recoger las cosas de la cena.

Álvaro apenas se permitió mirarla un segundo, lo justo para comprobar que el pijama que llevaba puesto le quedaba demasiado bien.

Inés decidió que había llegado el momento de poner las cartas sobre la mesa.

—Álvaro, ¿podría hablar contigo un segundo? —preguntó, poniendo esa cara que siempre le funcionaba para lograr todo lo que deseaba.

—No entiendo por qué no podemos hablarlo aquí. —Álvaro tragó saliva, porque intuyó que no era buena idea estar a solas con ella.

—Por favor —suplicó Inés, quien, al observarlo con detenimiento, supo que por fin se había salido con la suya.

Él la siguió por el pasillo y entró en la que a partir de esa noche sería la habitación de las chicas. Ella se volvió y clavó los ojos en él, observándolo durante unos instantes. Álvaro se cruzó de brazos, se apoyó en la pared y en su rostro se dibujó una sonrisa canalla.

—¿Te gusta lo que ves? —soltó él con una prepotencia y una seguridad que no sentía.

—¿Perdón? —Inés estaba tan habituada a ser ella la que gustara y a la que piropearan que esa pregunta la dejó fuera de juego.

—Cuando acabes de repasarme, puedes hablarme del motivo por el que me has hecho venir hasta aquí.

Inés carraspeó y apartó los ojos de él. Intentó ordenar sus ideas y llegó a la conclusión de que lo mejor era obviar el comentario que Álvaro acababa de hacerle.

—Lo que quería comentarte es que creo que no hemos empezado con buen pie, y lo siento, porque voy a pasar aquí un tiempo y no estoy acostumbrada a llevarme mal con nadie —confesó ella.

—No nos llevamos mal; reconócelo, a lo que no estás acostumbrada es a que un tío te ignore —replicó él.

—Estás siendo de lo más impertinente, y así no vamos a mejorar nuestra convivencia.

Álvaro la miró unos segundos, sin que se le notara lo mal que lo estaba pasando. Era una suerte que alguna que otra alumna hubiera intentado algo con él, eso le había enseñado a tener mano izquierda, pero a la vez a comportarse con dureza, para dejarle las cosas claras.

Con ella iba a ser mucho más complicado que todo eso; él jamás había sentido la más mínima atracción por ninguna de sus alumnas... En realidad, no recordaba haber sentido algo así por otra mujer. Por supuesto que no se trataba de amor ni de ningún tipo de emoción tan fuerte, pero era como si un imán lo atrajera hacia ella, algo que le resultaba molesto y a la vez excitante.

Lo único que esperaba era que ella no intentara nada con él, porque, si lo hacía, iba a costarle muchísimo mantener a raya su fuerza de voluntad.

—Tienes razón, quizá he sido un poco brusco. Procuraré mejorar, pero no te prometo nada. —Ella sonrió, y él supo que era el momento de salir de allí—. Buenas noches, Inés. —A ella le encantó oír por primera vez su nombre en la boca de Álvaro.

16

El operativo

Lola

Acabábamos de salir de una reunión y la tensión podía palparse en el ambiente. No habíamos logrado ningún avance las dos veces que nos habíamos infiltrado y la cosa comenzaba a ponerse difícil, más que nada porque no podríamos continuar alargándolo demasiado sin acostarnos con alguien y ahí, precisamente, radicaba el problema.

Decidieron apartar a Pérez del caso porque el estrés estaba haciendo mella en ella y no nos interesaba que se rompiera en medio del operativo, así que solo quedábamos Inés y yo.

Aquella iba a ser una noche muy intensa.

—¿Estás bien? —preguntó Nacho, que parecía preocupado.

—Sí, pero me da miedo que tampoco saquemos nada de este operativo —contesté, y Nacho rio.

—No me sorprende que no te dé miedo estar rodeada de un montón de mafiosos rusos, pero sí que el operativo no salga bien.

—Hay muchas mujeres que deben de estar pasando un auténtico infierno, y ni quiero ni puedo permitirme fallarles.

—No eres tú quien les fallas. Lo sabes, ¿verdad? —Su voz irradiaba una curiosa mezcla de fuerza y dulzura.

—Haré todo lo que esté en mi mano para sacarlas de esa mierda.

—Lo haremos juntos, ¿de acuerdo?

Nacho puso una mano en mi hombro y la apretó un poco. A mi mente vinieron un cúmulo de imágenes de la noche que pasamos juntos y de esas manos deslizándose por todo mi cuerpo. Me desprendí de su agarre con brusquedad, me aparté de él y me dirigí a mi mesa, pero antes de irme pude ver que torcía el gesto.

No quise darle vueltas al hecho de lo mucho que me turbaba cada vez que Nacho me tocaba, sacudí la cabeza intentando desprenderme de esas imágenes y me puse a trabajar. Debía dejar listas un montón de cosas.

* * *

Volvía a llevar puesto uno de esos ridículos vestidos con los que me sentía como si fuera carnaval. En esa ocasión era de color azul marino, con un generoso escote; sin embargo, habían tenido el detalle de ponerle un poco de gasa transparente en la parte de arriba —desconocía por completo la utilidad de ese trozo de tela—. Se ceñía tanto a mi cuerpo que tenía serias dudas de si podría sentarme sin romperlo. Y, por si todo eso no fuera suficiente, diría que ese aún era un par de centímetros más corto que el anterior. Pero lo que peor llevaba eran los puñeteros zapatos; no entendía cómo había personas que podían caminar con semejante arma de destrucción. Esos tacones me mataban.

Cuando estuve preparada, salí del baño, dejando a Inés dentro porque todavía tenía que hacerse no sé qué mierda en el pelo. Caminé hacia mi mesa y no fui consciente, hasta pasados unos segundos, de que el único sonido que se oía era el repiqueteo de mis tacones.

Eché un vistazo a mi alrededor y comprobé que todas las miradas se hallaban puestas en mí. No estaba acostumbrada a que los hombres me observaran así, el objeto de deseo siempre había sido Inés. Sin apenas ser consciente de lo que hacía, mis ojos buscaron los suyos y, cuando los encontré, detecté tanta hambre en la mirada que Nacho me dedicó que tuve que tragar saliva. Decidí acelerar el paso hasta mi puesto.

* * *

Estábamos casi preparados para salir, pero tenía la boca seca, por lo que me acerqué un momento al dispensador de agua a por un poco. De pronto alguien se paró cerca de donde me encontraba y pude oír la conversación que mantenían dos compañeros. A mí me tapaba la puerta, por lo que ni me veían ni los veía.

—¿Te has fijado en la subinspectora? —Reconocí la voz de Samuel.

—Joder si la he visto, parece mentira que tuviera todo eso tan escondido. —No pude evitar poner los ojos en blanco; ¡hombres!—. Habrá que probar suerte, porque ya sabemos que a esta le mola lo de saltar de cama en cama, y por lo que contó... —justo en ese instante se oyó un fuerte ruido que hizo que no me enterara de quién se lo había comentado—, es una fiera en la cama; yo creo que a esta le gusta que la aten. Y también que le den fuerte.

—No sé, es mi jefa y, por muy buena que esté con esa ropa, me impone demasiado respcto como para acostarme con ella. —Chico listo ese Samuel.

—Pues yo no tendría ningún problema en... —Sus voces se fueron desvaneciendo a medida que se alejaban y yo no pude moverme, mi cuerpo no respondía; me había quedado petrificada.

Solo me faltaba, después de lo que me había costado ganarme un poco del respeto de mis hombres, que el bocazas de Nacho —porque no me hizo falta oír el nombre para saber que se trataba de él— hubiera explicado, con todo lujo de detalles, nuestra noche juntos. ¡Joder, menuda mierda! Intenté serenarme, sin conseguirlo. Y eso era malo, porque enfadada solía convertirme en una persona excesivamente impulsiva. Así que respiré hondo y me dirigí hacia donde se hallaban el resto de mis compañeros.

* * *

Estaban acabando de colocarme el micro cuando Nacho entró en la habitación donde me encontraba. Me sorprendió que Navarro se pusiera nervioso ante su presencia, pero con el primer comentario que hizo Nacho lo entendí todo. Estuve a punto de darle una hostia a Navarro y otra a mí misma, porque los nervios y la tensión me estaban haciendo parecer nueva en todo aquello.

—Navarro, ¿tú crees que es necesario bajarle el vestido a la subinspectora —hizo hincapié en mi cargo— hasta la cintura para colocarle un puto micro? Anda, fuera de aquí.

Navarro se disculpó y salió lo más rápido que pudo. Por lo visto, toda la comisaría estaba al tanto de mis pericias en la cama, y eso se lo debía al hombre que tenía justo enfrente.

—Súbete el vestido, Lola —me ordenó con voz ronca.

—No me da la gana. —Vi que sus ojos se agrandaban por la sorpresa—. Ahora te jodes y acarreas con las consecuencias. Ponme el puñetero micro y vámonos de aquí. —Sabía que tenía que hablar con él, pero no en esos momentos. Me sentía demasiado superada por los acontecimientos, sabía que acabaría perdiendo los nervios y, cuando eso pasaba, también solía perder las formas, así que prefería esperar a serenarme un poco.

Noté que Nacho intentaba tocarme lo menos posible y me estaba dando rabia que me tratara como si fuera a romperme, más aún después de lo que había pasado entre nosotros.

—Nacho, ¿quieres ponerme ya el maldito micro? No creo que sea tan difícil, joder.

—Lola, entiendo que estés nerviosa, pero no me hables así —me reprendió.

—Encima vas de persona íntegra —le reproché.

—Haz el favor de calmarte, Lola. —Ese comentario, lejos de serenarme, echó más leña al fuego.

—No se te ocurra decirme lo que tengo que hacer. —Y, a pesar de que mis palabras apenas fueron un susurro, mi voz sonó tan fría...

—No sé qué te pasa, pero...

En ese preciso instante entró Aarón, que nos observó a Nacho y a mí con suma atención.

—Ya está todo listo, ¿habéis acabado? —preguntó desde la puerta.

—Sí, un minuto —masculló Nacho con una rigidez que segundos antes no había advertido.

—¿Te ayudo? —propuso Aarón.

—He dicho que ya casi estoy. Vuelve con tus compañeros, Ruiz. —Nunca había percibido tanta frialdad en la voz de Nacho. Me extrañó, pero lo único en lo que podía pensar era en que él me quitara las manos de encima para salir de allí.

Nacho acabó, por fin, de ponerme el micro y bajó las manos para colocarme el vestido. Rozó con las yemas de los dedos mi cintura y la piel se me erizó a su paso. Agarró con delicadeza la tela y lo fue subiendo poco a poco, demasiado despacio para mi gusto. La respiración de los dos se aceleró y tuve que cerrar los ojos para ordenar mis ideas. Cuando fui capaz de tranquilizarme un poco, me aparté de él y me encaminé hacia la puerta, recolocándome la ropa y dándome una reprimenda mental por dejar que el imbécil de Navarro hubiese hecho que me bajara el vestido.

Sabía que no era buena idea infiltrarme en un operativo como el que teníamos entre manos con la cantidad de emociones que sentía. Lo que aún desconocía era lo mal que terminaría.

17

Había tantas cosas que podían salir mal...

Nacho

Me sorprendió la manera en la que Lola me habló mientras le ponía el micro, aunque supuse que los nervios le estaban pasando factura y lo entendí, porque el caso se estaba alargando. Los operativos no daban demasiado resultado y, conociéndola, debía de estar que se subía por las paredes.

Mientras salía de la sala me cagué en Navarro, unas cuantas veces, por haberle hecho a Lola bajarse el vestido y dejar al descubierto el impresionante sujetador de encaje negro que llevaba puesto. Me costó la vida mantener las manos firmes mientras le colocaba el micro y me reprendí mentalmente por lo cachondo que me puso el simple hecho de rozar su piel desnuda. Pero, justo cuando nuestras respiraciones se hicieron más densas, Lola dio media vuelta y se marchó. Parecía enfadada, aunque no lograba entender el motivo. Al final decidí no darle más vueltas y atribuí su comportamiento a los nervios del operativo.

* * *

La noche no estaba yendo como debería. Hacía unos minutos que les habíamos dicho a las chicas que salieran de allí. La cosa se estaba poniendo fea. Los tíos con los que estaban empezaban a querer más de ellas e incluso oímos por el micro que Lola tuvo que pararle los pies a uno de ellos, que se había sobrepasado tocándole un pecho. Menos mal que fue bastante diplomática y no sospecharon nada, pero estaba claro que, tarde o temprano, ellos querrían más y ella acabaría saltando.

Ese era el motivo por el cual había que sacarlas de allí lo antes posible, pero, después de darles la orden para que salieran, la única que apareció fue la agente García, que temblaba como una hoja.

—¡¿Dónde coño está la subinspectora Jiménez?! —Me arrepentí al instante de utilizar ese tono con Inés, ya que estaba muy alterada.

—Ha pasado todo muy rápido, esos tíos se han puesto demasiado sobones con nosotras, incluso un poco violentos. —Por lo visto aquellos imbéciles habían hecho algo más que tocar un pecho. Respiré intentando serenarme—. Cuando Lola ha conseguido quitárselos de encima, ellos han comenzado a hablar en ruso y yo no he entendido nada, pero ella sí que lo ha hecho y, aunque no hemos podido intercambiar palabra, he interpretado que iba a ir con ellos a alguna parte.

—¡Pero ¿qué cojones...?! —grité, pero callé cuando a Inés le empezaron a rodar lágrimas por la mejilla. Me volví hacia mis compañeros y avisé al resto por el micrófono.

—Vale, escuchadme bien todos. No quiero que perdáis

de vista la localización de la subinspectora ni que se os pase un puñetero detalle de la conversación. Ya sabéis que, como se alejen un poco, el micro dejará de funcionar.

—Jefe —susurró Ortiz interrumpiéndome—. Hablan en ruso, y nadie tiene ni idea de lo que dicen.

Pensé rápido e hice algo por lo que seguramente después tendría que dar un buen puñado de explicaciones, pero no se me ocurrió nada mejor.

—Inés, coge mi teléfono y llama a mi hermano. Dile dónde estamos y pregúntale si puede llegar en quince minutos. Coméntale que es urgente.

—¿Tu hermano? —me interrogó Navarro.

—Es la única persona que conozco que sabe algo de ruso, ¿se te ocurre alguien mejor?

—No, no.

Mi hermano se presentó en menos de diez minutos, pero a mí se me hicieron eternos porque no entendía nada de lo que hablaban y no sabía si tendríamos que ponernos en marcha para seguir a Lola o si, por el contrario, no pensaban moverse de allí en toda la noche. Se suponía que Lola no hablaba ruso y cuando se dirigían a ella lo hacían en español, pero la información que le daban era tan escasa que no nos servía de nada.

—Álvaro, necesito que te sientes, te pongas estos cascos y nos traduzcas todo lo que oigas.

Lo que más me gustaba de mi hermano era que nunca hacía preguntas absurdas. Tomó asiento y nos mandó callar. Pasados unos minutos que a mí me parecieron horas, empezó a informarnos.

—Hablan muy rápido y me cuesta un poco seguirles el hilo, pero por lo que he entendido van a trasladarse a un pub de las afueras. Comentan que hay unas mujeres que acaban de llegar, fanfarronean con que la mayoría de ellas son menores de edad. —Mi hermano arrugó la boca en una señal inequívoca de asco—. Se las están ofreciendo a otros dos. —Álvaro se concentró en lo que decían en ese instante—. Uno de ellos ha mostrado interés por una tal Lola. —Noté el segundo exacto en el que mi hermano cayó en la cuenta de que esa Lola era en realidad nuestra nueva compañera de piso—. Se la van a llevar con ellos. —Eso no hizo falta que lo tradujera, porque pude oír perfectamente cómo se lo pedían a Lola y ella aceptaba acompañarlos.

—¡¡Me cago en la puta, Lola!! —grité con fuerza, y es que, además de cargarse el operativo, que en esos momentos me la traía bastante floja, iba a ponerse en peligro al irse con ellos. Preferí no imaginar cómo podía acabar la noche para ella—. Quiero a todo el mundo preparado. Nos dividiremos en tres coches y, en cuanto sepamos la dirección, pediremos refuerzos y llamaremos también a una ambulancia. —Tuve que tragar saliva, deseaba no tener que utilizarla—. Mantened la distancia y que no os vean, pueden hacerle daño a la subinspectora. ¡¡Andando!!

Nada más terminar de hablar todos se pusieron en marcha con una rapidez y una eficacia pasmosas.

—Álvaro, ¿puedes llevarte a Inés a casa? —le pedí a mi hermano.

—Ni hablar, yo voy con vosotros —protestó ella.

—Inés, mírame. Ya tengo suficiente con la loca de tu

jefa. Estás nerviosa y no nos conviene que te vean con nosotros por si más adelante necesitamos que vuelvas a infiltrarte. Vas a irte con Álvaro a nuestra casa. Es una orden.

—De acuerdo —respondió bajando la cabeza y dirigiéndose hacia mi hermano, pero antes de llegar se volvió hacia mí—: Tráela de vuelta —me rogó.

—Haré todo lo que esté en mi mano. —Esperaba hacer mucho más que eso, aunque, en la situación en la que se encontraba su amiga, no podía garantizarle nada.

Cuando dos minutos después entré en el coche y vi que el GPS de Lola se movía con rapidez, deduje que ya estaba subida en un coche y di un puñetazo en el salpicadero. Había tantas cosas que podían salir mal esa noche...

18

En la boca del lobo

Lola

Solo recordaba un instante en el que había sentido el mismo pánico que en esos momentos: el día del río.

Era consciente de que, cuando Nacho había dado la orden, tendría que haber salido con Inés. También sabía que me estaba metiendo en la boca del lobo voluntariamente, pero, cuando me habían pedido que los acompañara, incluso reconociendo lo poco profesional que era esa actuación por mi parte, tuve claro que no podía dejar escapar la oportunidad de saber dónde se encontraban esas niñas y me lancé como una kamikaze sin sopesar las consecuencias.

Aunque estaba casi segura de que mis compañeros andaban cerca, eso no logró tranquilizarme. Me hallaba en la parte trasera de un coche, junto a un ruso que se había interesado por mí y que podría ser mi padre o casi mi abuelo. Miraba por la ventanilla, procurando reconocer el lugar por donde pasábamos, pero, justo cuando tuve una señal lo suficientemente cerca como para poder leerla, noté que el viejo ponía la mano sobre mi muslo y apretaba con fuerza. Iba a quejarme, pero al volverme y mirarlo a la cara percibí una chispa de deseo en su mirada. Y me percaté de que eso era lo que quería, se trataba de ese tipo de monstruos que se excitan con el sufrimiento ajeno. Respiré hondo, sonreí y supe que tenía que salvar a esas mujeres, apenas adolescentes, que acababan de llegar y que no conocerían otra realidad que la de la prostitución. Las obligarían a pasar por tíos como ese, que se excitarían con su dolor. Eso disipó parte de mi miedo y me dio la fuerza que necesitaba.

Agarré su mano y la aparté con bastante suavidad, reprimiendo las ganas de retorcérsela hasta hacerle daño. Estaba claro que no era un hombre acostumbrado a que le llevaran la contraria, así que lo único que se me ocurrió fue ganar algo de tiempo.

—Todavía no —le susurré con una sonrisa que intenté que fuera seductora. Y, contra todo pronóstico, el viejo me echó una mirada de lo más lasciva, aunque se conformó.

No sé cuánto tiempo pasamos en el vehículo, pero el trayecto se me hizo eterno. Al llegar aparcamos en una especie de garaje subterráneo.

Me sacaron del coche con cierta delicadeza y oí que uno de ellos lanzaba una advertencia al tipo que pensaba subir conmigo a una de las habitaciones que, imaginaba, estarían en la parte de arriba.

—A esta no le dejes marcas, que podemos buscarnos la ruina. Fóllatela, pero no le pegues en exceso. Está en un nivel superior y cobra cuarenta veces más que las otras.

—Nos habíamos hecho pasar por *escorts* con un caché bastante elevado, por eso necesitábamos a agentes con un físico como el de Inés—. Si lo que quieres es dejar marcas, haré que te suban a una de las otras. —Desvié la vista como si me interesara por lo que había a mi alrededor. Se suponía que no entendía el ruso y no quería que mi cara, que me constaba que era una mezcla de asco y horror, me delatara.

—¿Sabes qué? Tráeme a una de esas, y lo que no pueda hacer con esta lo haré con la otra. —El viejo sonrió y a mí se me revolvió tanto el estómago que pensé que vomitaría allí mismo.

Menos mal que fui capaz de controlarme y que no tuve demasiado tiempo para pensar, porque en menos de cinco minutos recorrimos un pasillo estrecho y me encerraron en una habitación.

En los escasos segundos que me dejaron sola, pude mirar mi móvil y asegurarme de que tenía el GPS encendido. Esperaba que mis compañeros no tardaran demasiado, porque la cosa se estaba poniendo fea de verdad.

No quise pararme a barajar la posibilidad de que, si mis compañeros entraban en ese momento, seguramente y por mi culpa el operativo se iría a la mierda.

Oí que alguien abría la puerta y guardé con rapidez el móvil en mi bolso.

Empujaron hacia dentro a una chica que cayó al suelo. Al levantar la mirada y posarla en mí, casi me vine abajo. No debía de tener más de dieciséis años y no había una sola parte de su cuerpo que no hubiera sido golpeada. Me acordé de todas las personas que justificaban la prostitución y que alegaban que se ejercía libremente.

Me acerqué a ella y la puse de pie, pero se zafó de mí y se hizo un ovillo en un rincón de la estancia. Debía pensar rápido. En algún lugar de ese club estaban encerradas las demás chicas. Si mis compañeros llegaban con los refuerzos necesarios, quizá no estuviera todo perdido.

Antes de acabar de especular sobre todas las posibilidades, la puerta volvió a abrirse y por ella entró el hombre que me había llevado hasta allí.

La parte buena era que estaban tan seguros de nuestra sumisión que entró solo. Ese había sido mi gran miedo, que viniera acompañado de alguien y la cosa se pusiera realmente difícil.

El tipo se dirigió directamente hacia donde yo me encontraba y me empujó con mucha más fuerza de la que pensé que poseía para lo mayor que era. Al caer en la cama, se tiró encima de mí, inmovilizando mis piernas con las suyas. Agarró la parte de arriba de mi vestido y tiró de ella, rompiéndolo hasta la cintura. El micro salió despedido, pero el tío no se dio cuenta. Con una mano me apretó con garra un pecho y, antes de que pudiera protestar, posó su boca sobre la mía. Tuve que aguantar la respiración para no vomitar. En cuanto fui capaz de reaccionar, mordí su labio inferior con fiereza. Él levantó la cabeza maldiciendo y, sin que lo esperara, me asestó un puñetazo en la cara que me partió el labio e hizo que mi nariz empezara a sangrar. La mirada se me empezó a nublar y temí perder el conocimiento; si eso pasaba, quedaría completamente expuesta.

—¡Maldita zorra! Si es así como lo quieres, ¡así lo tendrás! —rugió.

Pude oír un sollozo detrás de mí. La chica había intentado pasar desapercibida, pero el llanto acabó por llamar la atención de ese desgraciado, que seguía encima de mí.

—Tú, ven aquí y ponte de rodillas.

En cuanto se levantó, sacudí la cabeza y respiré hondo. No iba a desmayarme. Ordené mis pensamientos y, mientras la joven se acercaba a él, agarré con movimientos muy lentos la lámpara que había sobre la mesita de noche.

Me incorporé rezando para que el colchón no hiciera ruido y revelara que me estaba moviendo e intenté pegar al tipo con toda mi rabia en la cabeza, pero él se volvió hacia mí en el último instante, esquivando el golpe y agarrándome del cuello. Apretó con fuerza y pensé que al final sí acabaría desmayándome. Entonces, recordé que era imprescindible mantener la calma y un montón de imágenes de todas mis clases de defensa personal invadieron mi mente.

Le di con furia en el único sitio que sabía que provocaría que me soltara. Mientras él se retorcía en el suelo sujetándose las partes íntimas, soltó un alarido de dolor con el que pensé que quizá entraría alguien alarmado por el grito, pero luego recordé lo que se suponía que estábamos haciendo y me tranquilicé.

Respiré profundamente, llenando mis pulmones. En cuanto pude volver a hacerlo con normalidad me puse sobre él y le di un par de puñetazos, con tanta furia que provocó que la mano me doliera con intensidad. Antes de acabar rompiéndome los nudillos, cogí la lámpara, que seguía tirada en el suelo, y volví a pegarle con todas mis fuerzas. Esa vez sí recibió el golpe y perdió el conocimiento.

Cuando me cercioré de que no respondía, me volví para mirar a la chica, que continuaba de rodillas y me contemplaba como si fuera el mismísimo diablo. Lo entendía, comprendía que yo no era la primera que se rebelaba contra ellos y que las consecuencias debían de ser atroces.

Me arrastré hasta mi bolso, saqué el móvil y llamé a la primera persona que se me pasó por la cabeza.

—Lola, ¿estás bien? —La voz de Nacho destilaba pánico.

—Sí. Estamos en una habitación del pub al que nos han traído —expliqué con rapidez.

—Entramos en dos minutos, ¿podrás aguantar?

—Sí, creo que sí.

Colgué el teléfono y fui a la puerta para cerrarla con el cerrojo, solo faltaba que entrara otro tío.

—¿Hablas ruso? —le pregunté a la chica en ese idioma, pero lo único que esta hizo fue asentir con la cabeza—. La policía llegará en dos minutos. —Me miró con recelo. También la entendí. Había un buen puñado de policías corruptos que estaban metidos en el ajo y que hacían la vista gorda a cambio de favores sexuales o de dinero—. Voy a asegurarme de que estés bien. —No podía prometérselo, pero haría todo lo posible.

En cuanto acabé de hablar se oyeron golpes en la planta de abajo. Instintivamente me llevé la mano a la cintura, sin hallar nada. Me sentía desprotegida sin mi pistola.

La puerta se abrió de una patada, haciendo que las dos nos sobresaltáramos, y un tío del tamaño de un armario ropero entró por ella. Cerré los ojos, porque con ese no podría...

—Vamos, hay que salir de aquí —ordenó.

Agarré a la joven y la puse detrás de mí. Lo único que podía hacer era ganar tiempo, porque, si ese mastodonte lograba sacarnos de allí, estaríamos perdidas. El tipo se acercó hasta mí y me asió del brazo con ímpetu. Cuando me zafé de su agarre me miró como si lo hubiera golpeado. Me cruzó la cara con tanta violencia que me tiró al suelo. Era el segundo golpe que me llevaba en el mismo sitio, debía de tener la cara destrozada, y recordé la conversación de antes, cuando le pidieron al viejo que no me dejara marcas.

Intenté levantarme, pero, antes de que pudiera conseguirlo, el ruso se acercó a mí y me agarró del pelo, poniéndome en pie de un tirón.

—He dicho que nos vamos. —Aún no sé de dónde saqué la fuerza, pero le di un puñetazo en la cara con el que me pareció romperme la mano.

Conseguí que me soltara el pelo, pero me devolvió el puñetazo en mitad del estómago, con tanta mala leche que supe que esa vez no podría ponerme en pie. Se agachó y me levantó para, seguidamente, estrellarme contra la pared. Noté que algo caliente empezaba a bajar por mi cabeza; era sangre, y yo solo esperaba que mis compañeros llegaran antes de perder demasiada.

—Nos iremos por las buenas o por las malas, tú decides. Y no creas que esto va a quedar así: tan pronto como lleguemos a un lugar seguro, voy a pasar contigo unos cuantos días. —Me sorprendió detectar lujuria en su voz. No concordaba con la situación en la que nos hallábamos.

—¿Sabes una cosa? —susurré como pude, porque él continuaba agarrándome del cuello y casi no podía respirar—. Estás jodido. —Incluso con el dolor que sentía logré sonreír, y justo en ese momento una pistola se posó en la cabeza del tío que me sujetaba.

—¡Arriba las manos! Suéltala o eres hombre muerto. —La voz de Nacho sonó tan dura que incluso yo me estremecí.

19

Ya se ha acabado

Lola

Después de que el tipo me soltara, todo pasó muy rápido. Me desplomé en el suelo; respiraba con dificultad y, en el mismo instante en el que me relajé, el dolor me golpeó. La cara me quemaba, me dolían las costillas al respirar y estaba a punto de hacerme un ovillo cuando noté que unos brazos me envolvían. Supe quién era sin necesidad de abrir los ojos.

—Respira, Lola, que ya se ha acabado —me susurró Nacho cerca del oído, y me resultó curioso que quien pareciera más aliviado fuera él.

Antes de darme cuenta, estaba subida en una ambulancia. Nada más tumbarme en la camilla dejé salir el aire de mis pulmones y solté un gemido; me dolían todas las partes del cuerpo.

—Lola, tengo que quedarme aquí, no puedo acompañarte, pero he llamado al comisario para que vaya al hospital. —Hice un gesto con la cara que Nacho supo interpretar a la perfección—. Tranquila, lo he engañado un poquito y le he dicho que te encuentras en mejor estado del que en realidad estás. Toma tu bolso. —Lo colocó al lado de la camilla—. Llamaré a tu padre en cuanto acabe con esto para ver cómo sigues. —Apretó con suavidad mi mano con la suya y quise decirle que se quedara conmigo, que no se fuera, pero me pareció una petición tan patética que decidí callarme. No lo necesitaba a mi lado para ponerme bien, yo era lo suficientemente fuerte como para hacerlo sola.

* * *

Al llegar al hospital, me confirmaron que tenía varias costillas fisuradas, el labio partido, una buena brecha en la cabeza y contusiones por todo el cuerpo. Me recomendaron quedarme esa noche en observación, pero pedí el alta voluntaria.

Tal y como Nacho me había dicho, mi padre llegó justo en el momento en que yo dejaba la sala de Urgencias. Debía de haber conducido como un loco y se habría saltado todos los semáforos que encontró a su paso.

—¡Dios mío, Lola! —Mi padre parecía un tipo duro, pero nada más verme noté que le brillaban los ojos y, a pesar del dolor, caminé lo más rápido que pude hasta él para acurrucarme entre sus brazos—. ¿Estás bien, pequeña?

—Sí, estoy bien, los chicos han llegado a tiempo. —Me sentía tan agotada que las palabras me salieron en un balbuceo.

—Vámonos a casa —propuso.

—No, papá, quiero ir a casa de Nacho. Necesito que me explique qué ha pasado con las chicas que había allí.

—Y no puedes esperar a mañana, ¿verdad? —Mi padre era la persona que mejor me conocía.

—Ya sabes que no. —Intenté sonreír, pero me arrepentí en el acto. Mi cara había salido bastante mal parada y me dolían huesos que no sabía ni que existían.

—¿Entiendes que no puedes salvar al mundo ni hacerlo todo tú sola y que no pasa nada por venirte abajo de vez en cuando? —Fue una mezcla de pregunta y afirmación.

—No es eso lo que me habéis enseñado —le rebatí.

—Vamos, Lola, yo lloro mucho más que ninguna de las mujeres que me rodean.

—Sí, pero mamá y tú siempre habéis demostrado mucha fortaleza. —Procuré que no sonara a reproche, pero no lo conseguí.

—Tienes razón, pero también caemos en infinidad de ocasiones, y tú no te permites ni siquiera eso.

—Sí que lo hago, aunque pocas veces, porque luego me cuesta demasiado volver a sentirme bien.

—¿Y qué más da? Puedes y debes tener días o incluso semanas malas. No tienes que ser siempre de hielo, porque incluso el hielo tiene fisuras.

—Lo sé.

—Lola, cariño, te conozco muy bien y tú no eres la persona fría que quieres hacernos creer a todos. Te vienes abajo cuando estás sola, pero no pasa absolutamente nada por mostrar debilidad delante de la gente que te ama. No vamos a quererte menos por eso.

—Eso también lo sé, papá. —Se me estaba haciendo un

nudo en la garganta, la noche había sido dura y yo empezaba a flojear.

—Pues no se nota. —Mi padre intentó sonar autoritario, pero no le salió bien.

El resto del camino lo hicimos en silencio. Después de que mi adrenalina bajara a niveles normales, me sentía tan cansada...

Mi padre me llevó a casa de Nacho sin protestar. Me acompañó hasta la puerta del piso, donde me despedí de él y quedamos en que llamaría a mi madre al día siguiente e iría a verlos en cuanto me encontrara mejor; pero, conociendo a mi familia, tenía la seguridad de que se presentarían en casa de Nacho antes de que eso sucediera.

Logré convencerlo para que no le dijera nada a mi madre hasta que yo hablara con ella, porque, si lo hacía, esta sería capaz de aparecer en la comisaría a la mañana siguiente.

20

Dormir con Nacho

Lola

Busqué las llaves en el bolso. Abrí y, al entrar en el piso, todo estaba en el más absoluto silencio, por lo que deduje que Nacho aún no había llegado y que Álvaro e Inés estarían durmiendo. Me fui directa al baño y cuando me quité la ropa también me deshice de todas las vendas que me habían puesto. Lo que más necesitaba era una ducha de agua caliente.

Me senté en el suelo de la bañera, haciendo bastantes muecas de dolor, pero tampoco podía permanecer mucho más rato de pie porque las piernas empezaban a fallarme. Mientras el agua caía sobre mi cuerpo, me relajé y, por primera vez en todo el día, lloré. Y no lo hice por mí —al fin y al cabo, yo estaba segura en casa de Nacho—, lo hice de pura impotencia, porque, por diez chicas que salvabas de las garras de esos hijos de puta, ellos traían a cien más.

Ni siquiera me di cuenta de que el sonido que llevaba un rato oyendo eran mis propios sollozos, y tampoco oí abrirse la puerta del baño.

—Lola, no sé el rato que hace que estás aquí; yo he llegado hace veinte minutos y he dejado que te desahogues ese tiempo, aunque imagino que llevas mucho más. Así que será mejor que salgas. —No me moví del sitio y Nacho entró en el baño—. Vamos, te acompaño a tu cama —susurró mientras abría la mampara y me ofrecía su mano.

—Gra... Gracias. —tartamudeé.

Tenía sueño, estaba exhausta, dolorida y sentía frío, pero no un frío normal, era un helor que me calaba hasta los huesos.

No recordaba la última vez que me había sentido tan débil, y lo que más me sorprendió fue que no me afectó tanto como en otras ocasiones. Nacho me ayudó a secarme y a ponerme una camiseta que fue a coger a mi cuarto. No le di la más mínima importancia al hecho de estar desnuda frente a él, me sentía más vulnerable por mostrarle mi fragilidad que mi desnudez.

—Lola, en tu habitación está Álvaro —me informó Nacho. Yo lo miré con interés, pero no pronuncié palabra—. Supongo que Inés no quería dormir sola. Mi hermano está tumbado encima del nórdico, perfectamente vestido. —Me dio una explicación que no le pedí, pero supe que lo hacía para tranquilizarme, ya que yo no creía que Inés estuviera en condiciones de tener algo con Álvaro; no esa noche, quería decir.

Fue en ese momento cuando me percaté de que me tocaría dormir sola, en la cama de Álvaro, y seguramente algo parecido al pánico asomó a mis ojos.

—Yo... no... —Mis dientes castañeteaban y no era capaz de pronunciar una frase.

—¿Qué quieres hacer? —Nacho extendió la mano y tocó mi mejilla justo donde había recibido uno de los golpes, y lo hizo con una suavidad tan exquisita que casi ni lo noté.

—No... no quiero... dormir sola —le aseguré. No me importó lo más mínimo la debilidad que mi voz desprendía.

Nacho agarró mi mano y me llevó hasta su cuarto, me ayudó a meterme en la cama y me arropó.

—Vuelvo en un minuto —aseguró.

Lo oí caminar a paso rápido por el piso y no tuve ni idea de qué estaba haciendo. Cuando regresó, me sacó de dudas.

—Tómate esto. Tu padre me ha llamado antes de que llegara y me ha enumerado toda la medicación que te han prescrito en el hospital. Me he pasado por una farmacia para comprarla, he tenido que enseñar la placa para que me la dieran sin receta —intentó bromear.

Me tomé la pastilla sin objetar nada y volví a tumbarme. Noté que la otra parte de la cama se hundía y me volví hacia Nacho. No tenía ningunas ganas de hablar, pero necesitaba saber algo.

—¿Cómo están las chicas? —susurré.

—A salvo, pero no voy a engañarte, ya sabes cómo funciona esto. No estamos seguros de que alguna vaya a hablar. Y, si no denuncian, no tenemos casi nada. Pero no pienses ahora en eso. Mañana hablamos.

Decidí hacerle caso, pero su respuesta me frustró tanto que volví a llorar. Nacho me abrazó con suavidad y yo me acurruqué entre sus brazos. Empezó a trazar círculos en mi espalda con tanta delicadeza que no tardé nada en relajarme y, aunque pensé que no lo lograría, acabé quedándome dormida bastante más rápido de lo que creí.

21

El estriptis

Historia de Inés y Álvaro

Álvaro era incapaz de dormirse. Desde que había sacado a Inés de allí no conseguía tranquilizarse. Le pasaba exactamente igual cuando se enteraba de que su hermano estaba metido en algún operativo peligroso. Él era de pasar la mayor parte del tiempo entre libros y papeles, y esas situaciones le afectaban más de lo que le gustaría reconocer.

Negó con la cabeza y la giró para observar a Inés, que dormía profundamente desde hacía un buen rato. ¿Era posible que aún estuviera más bonita dormida que despierta?

No habían hablado mucho. Durante el trayecto ella se mostró muy preocupada por Lola y solo aceptó irse a la cama cuando habló con el comisario y este le aseguró que, aunque aún no había llegado a verla, Lola se encontraba en el hospital con diversas contusiones, pero fuera de peligro. La angustia que había sentido hasta ese momento se transformó en euforia. Álvaro lo entendía, porque a su hermano le pasaba lo mismo cuando se enteraba de que alguien no corría peligro o de que un operativo había tenido éxito.

Fue en ese preciso instante cuando comenzó su pequeño infierno, porque Inés le pidió que se quedara con ella, que no la dejara dormir sola, y él ni supo ni quiso decirle que no.

Pero Inés decidió que esa alegría la volcaría en probar a Álvaro y su supuesta inmunidad a ella.

Al llegar a la habitación empezó a desnudarse y Álvaro salió por patas.

—Cuando termines, me avisas —sentenció con decisión mientras se alejaba. Pero, antes de llegar a la puerta, Inés volvió a hablarle.

—Álvaro, no hace falta que salgas corriendo, imagino que habrás visto a más de una mujer desnuda. —Él quiso protestar, pero, al darse cuenta de que Inés intentaba manipularlo, volvió sobre sus pasos, metiendo las manos en los bolsillos y caminando con tranquilidad. Se acomodó en un sillón situado en un rincón de la estancia, pero no tardó ni dos minutos en percatarse de que había sido una decisión de mierda.

—Por mí no hay problema, pensaba que a la que le molestaría sería a ti. —Su voz sonó serena, indiferente e incluso con un punto de frialdad.

Inés se quedó algo más cortada, porque no esperaba que finalmente Álvaro decidiera quedarse, pero había sido ella quien había empezado y tampoco le suponía ningún problema continuar. Estaba acostumbrada a posar en ropa interior y tenía la seguridad de que él acabaría cayendo ante sus encantos.

El vestido que le habían puesto esa noche le gustaba especialmente, pero era más bien escaso de tela, así que fue quitándoselo poco a poco, igual que había hecho en muchas otras ocasiones delante de otros hombres. Pero después de desprenderse del sujetador se sintió algo ridícula, porque la mayoría de los tíos para los que se desnudaba ya se habrían levantado y acercado hasta ella. Sin embargo, Álvaro la observaba sin inmutarse, como si nada de lo que viera le interesara lo más mínimo.

De pronto bajó la cabeza, pues la vergüenza y una timidez que no eran propias de ella cuando se trataba de su cuerpo la invadieron y la paralizaron. Cuando levantó la vista y miró a Álvaro a los ojos, continuó sin percibir ni un ápice de pasión o de deseo, así que caminó hasta la cama, pilló el pijama con rapidez y se lo puso en pocos segundos.

Lo que no sabía Inés era que las llamas estaban consumiendo a Álvaro, que tuvo que agarrarse con fuerza al sillón durante todo el tiempo para no ponerse en pie, acercarse, tumbarla en la cama y hundirse en ella durante toda la noche.

Le supuso un gran esfuerzo no hacerlo cuando ella dejó caer el sujetado al suelo. Los pechos de Inés eran incluso más apetecibles de lo que él había imaginado; estuvo a punto de cerrar los ojos, pero tenía que desempeñar bien el papel que estaba interpretando y se mantuvo impertérrito.

Inés resultaba una mujer espectacular, pero eso ya lo sabía ella; lo que Álvaro quería era que dejara de comportarse con él como lo hacía con el resto de los hombres y le permitiera conocerla por su verdadera personalidad.

Después de ese simulacro de estriptis, Inés se puso el pijama y se metió bajo las sábanas con rapidez, se tapó hasta la barbilla y se tumbó dándole la espalda a él. Unos segundos más tarde notó que el colchón se movía y supo que este se había tendido junto a ella.

Álvaro tuvo que respirar profundamente varias veces para serenarse antes de levantarse del sillón y tumbarse en la cama. Haciéndose pasar por un hombre íntegro, se acostó encima del nórdico, pero lo que en realidad pretendía con eso era evitar al máximo cualquier tentación.

—Dime una cosa que te guste hacer.

Inés no acabó de entender la pregunta de Álvaro, pero se volvió para mirarlo a la cara. Él estaba más sentado que tumbado, con las manos tras la nuca, y la observaba con curiosidad e intensidad.

—¿Perdón?

—Alguna afición, algo con lo que disfrutes —aclaró él.

Tras unos segundos de desconcierto, Inés le respondió.

—Me encanta leer libros sobre arte —susurró, y a él se le dibujó una sonrisa tonta en los labios.

—Pues charlemos sobre libros.

Durante un buen rato Inés compartió una afición que muy pocas personas conocían. Álvaro le habló de su trabajo y le recomendó algunas lecturas que creyó que le gustarían.

Esa noche Inés fue más ella misma de lo que lo había sido nunca con ningún hombre, y se olvidó por completo de tontear con Álvaro.

Él le explicó cosas de sus proyectos que no había compartido con nadie, porque para el resto de los mortales su empleo era muy aburrido, y en cambio a Inés parecía interesarle.

Ella acabó quedándose dormida de puro cansancio, y Álvaro fue incapaz de quitarse la imagen de ella desnuda frente a él.

22

La familia de Lola

Nacho

Esa noche no logré descansar demasiado; entre los nervios que había pasado y tener a Lola tan cerca, no conseguí conciliar el sueño más de dos horas. Sobre las cinco de la madrugada me levanté a ver si un vaso de leche caliente lograba hacerme dormir.

Al llegar a la cocina me sorprendió ver a Álvaro sentado en la encimera con una taza entre las manos.

—Eso no será café, ¿verdad? —pregunté sonriendo, porque ya sabía la respuesta.

—Solo me faltaba un vaso de café. Es leche caliente —me confirmó mi hermano.

—Justo lo que yo venía a buscar.

—¿Tú tampoco puedes dormir?

—No mucho. Ha sido una noche muy intensa, he estado metido en un operativo en el que una compañera ha resultado herida. El motivo por el que tú no puedes pegar ojo no tendrá nada que ver con la impresionante mujer que está metida en tu cama, ¿a que no? —bromeé intentando que saltara.

—Nacho, no me jodas, ¿vale?

—¿Yo? Ay, hermanito, que te jodieran es lo que a ti te gustaría, sobre todo si fuera Inés quien lo hiciera.

—Me voy a dormir. —Álvaro saltó de la encimera y me mató con la mirada.

No pude evitar reírme entre dientes mientras volvía a mi cuarto. Sin embargo, pasados unos minutos y viendo que tampoco podría volver a dormirme, me levanté y me vestí.

Antes de salir de la habitación me paré a observar a Lola. Estaba completamente cubierta por la sábana y casi no podía verle el rostro. Debía de sentirse agotada y, con las pastillas que se había tomado, imaginé que dormiría hasta muy tarde.

Era bastante temprano cuando salí de casa, pero decidí acercarme a la comisaría. Aunque mi jefe había insistido en que me tomara el día libre, preferí matar el tiempo allí y de paso acabar unos informes que tenía pendientes.

* * *

El comisario me llamó nada más poner un pie en la comisaría. Lo primero que pensé fue que para haberme dado el día libre me solicitaba con mucha rapidez, pero en realidad lo que quería saber era cómo estaba su niña. Y no dijo «subinspectora Jiménez» ni «Lola», dijo «mi niña» mientras me miraba con firmeza, y tuve la seguridad de que lo había hecho a propósito, para que me quedara clara la posesión que esa manera de llamarla escondía.

—Ha pasado bien la noche —contesté.

—¿Y tú cómo lo sabes? —preguntó con suspicacia.

—Vive en mi casa, señor. —Carraspeé.

—Ya... —Continuó mirándome con intensidad unos segundos más que se me hicieron etenos—. Por cierto, no descarto que mi señora esposa se presente en tu piso. Por mucho que Lola insistió, no he sabido ocultarle la verdad a Clara.

—Lo entiendo, señor. No hay problema. —Él me hizo un gesto con la cabeza para que me fuera y me dirigí hacia la puerta pensando que ya había terminado de hablar, pero me equivoqué.

—Espero que estés cuidando bien de ella. —Fue una especie de amenaza velada.

—Lo mejor que puedo, comisario.

—No hace falta que te pongas así, sé mejor que nadie cómo es mi hija y dudo mucho que deje que cuides de ella, pero por lo menos espero que lo estés intentando. Aunque sé que, si me oyera pedirte esto, se cogería un rebote conmigo de la hostia. —El comisario parecía hablar más para sí mismo que para mí.

—Sí, señor —fue todo lo que respondí mientras abandonaba su despacho, porque no iba a ponerme a explicarle a su padre que estaba equivocado y que la noche anterior Lola no solo me permitió cuidarla, sino que casi me suplicó que no la dejara sola, mostrando una fragilidad que me secó la boca.

* * *

Estuve un poco más por la comisaría, pero, a pesar de los tres cafés que me había tomado, me sentía exhausto. Así que, antes de que hiciera tres horas que había salido, volví a mi casa.

Al entrar en el salón me encontré a cuatro mujeres sentadas en él. Inés era a la única que conocía. Junto a ella estaba la que creí que sería la madre de Lola, y frente a esta había otras dos, una morena y otra rubia, que no tenía ni idea de quiénes eran.

—Hola, soy Clara, la madre de Lola. Perdona que hayamos invadido así tu piso, pero, en cuanto me he enterado de lo de mi hija y lo he comentado con ellas, ninguna ha querido quedarse en casa —me explicó levantándose y aproximándose a mí.

—Yo soy Nacho. No se preocupe, lo entiendo. Siéntanse como en su casa. —Me acerqué a ella y le di dos besos—. ¿Quieren tomar algo?

—Un vaso de agua estaría bien —solicitó la chica morena.

—Nacho, por favor, te agradecería que nos tutearas —me pidió Clara—. Mira, ellas son Sonia, la hermana de Lola, y su mujer, Eva.

Sabía que Lola tenía sobrinas, pero nunca había nombrado a una hermana o hermano, pero no dije nada.

Antes de que pudiéramos volver a hablar, Lola apareció por el salón y su madre hizo un amago de grito que se quedó entre un gemido y un berrido. Por lo visto había sido Inés quien les había abierto la puerta y aún no habían comprobado el estado en el que ella se encontraba.

El aspecto de Lola era mucho peor que el del día anterior; los hematomas habían cambiado de color y le salieron otros que antes no estaban, en el labio tenía un corte de un color rojo muy oscuro y, por si eso fuera poco, su cara se había hinchado, dándole una apariencia realmente lúgubre. Así que entendí muy bien la reacción de su madre.

Apreté los puños porque, para ponerle la cara así, tenían que haberla golpeado con saña.

—Pero ¿se puede saber qué hacéis todas aquí? —Lola parecía un poco mosqueada.

—Dios mío... Hija, túmbate en el sofá —ordenó su madre.

—Estoy bien, mamá, solo necesito descansar.

Clara estuvo a punto de replicar, pero finalmente optó por callarse.

—Os dejo solas, voy a ir a... —Lola levantó la cabeza de golpe y me miró con el pánico reflejado en sus ojos. Era un miedo muy diferente al de la noche anterior, por eso sonreí. Me resultó evidente que no quería quedarse sola con su familia, así que me senté en la silla que quedaba libre, sin darle demasiadas vueltas al hecho de que Lola, con una simple mirada, hacía lo que quería conmigo.

Sin embargo, fueron unas horas muy entretenidas. Pude observar el comportamiento de Lola y el rol que tenía en su familia, lo cual me ayudó a conocerla y comprenderla mejor. Por algún comentario que ella misma había dejado caer, sabía que su madre ocupaba un cargo importante en una empresa. Tenía claro que para llegar a ese puesto debía ser una mujer dura en el ámbito laboral, pero con sus hijas se comportaba como cualquier otra madre. Aunque lo que más me sorprendió fue lo diferentes que eran Lola y su hermana. Por lo que comentaron y yo pude comprobar, Sonia parecía una mujer atenta y entregada, que estuvo pendiente de Lola en todo momento; era toda dulzura y sensibilidad.

Entonces comprendí que Lola había tenido que posicionarse justo en el otro extremo para destacar entre unos padres con caracteres fuertes.

23

¿Puedes ayudarme?

Nacho

Estuvieron bastante rato allí, pero, en cuanto todas se marcharon, incluida Inés, que tenía cosas que hacer, pude advertir el cambio en la actitud de Lola. Su cara se contrajo por el dolor y se reclinó poco a poco en el sofá, soltando un profundo quejido.

—Joder, me duele todo —gimió.

—Pues hace un momento no lo parecía —señalé.

—No me gusta preocupar a mi familia.

—¿Seguro que solo se trata de eso? Porque a mí me da la sensación de que lo que no quieres es mostrarles ningún tipo de debilidad. —Por la manera en la que me miró supe que había dado en el clavo, aunque, en cuanto se recompuso, estuve convencido de que no lo iba a reconocer.

—Lo que tú digas, pero ¿puedes acercarme esas pastillas milagrosas que me diste anoche?

—Marchando una de drogas duras —bromeé.

—No me hagas reír, que me duele mucho la cara.

—No me extraña —dije mucho más serio.

Fui a coger las pastillas con rapidez, porque en el tono

de Lola había algo de ruego y tenía que dolerle mucho si me lo pedía de ese modo. Llené un vaso de agua y, cuando regresé, vi que estaba bastante pálida. Me asusté.

—Lola, vete a la cama, estarás más cómoda.

—¿Puedes ayudarme? —Y me sorprendió tanto su petición...

—Por supuesto —susurré.

Le di la pastilla y, cuando se la hubo tomado, la ayudé a levantarse y a caminar hasta mi cuarto. Ni ella lo propuso ni a mí se me pasó por la cabeza llevarla a su habitación.

Lola daba pasos minúsculos y yo era capaz de notar la tirantez que irradiaba su cuerpo debido al dolor que sentía. Cuando por fin se tumbó, saqué un tema al que llevaba dándole vueltas toda la mañana, pero que esperaba que fuera Inés quien lo resolviera. Aunque estaba claro que iba a tocarme a mí.

—Lola, entre la medicación que te mandaron hay una crema que debería untarte. —Sabía que no se trataba de nada erótico, no estando ella como estaba, y, al igual que la noche anterior, cuando la saqué de la ducha, no percibiría su cuerpo de otra manera que no fuera el de una compañera que había recibido una paliza que la había enviado al hospital. Lo que me inquietaba era que ella se sintiera violenta por tener que ser yo quien se la pusiera.

—No entiendo lo que quieres decir.

—Que igual te incomoda que te la extienda yo; si quieres puedes esperar a que llegue Inés, pero no tengo ni idea de adónde ha ido y, en cuanto la pastilla te haga efecto, te quedarás dormida.

—No pasa nada. Pónmela tú.

—¿Segura? —No quería hacerle pasar un mal rato.

—Nacho, ya me has visto desnuda en más de una ocasión. Me duele todo, así que me da exactamente igual quién me unte la crema.

Tenía razón, así que me levanté a buscar la crema y la ayudé a desvestirse. Froté mis manos para que se calentaran un poco y para hacer tiempo, porque la verdad era que no sabía por dónde cojones empezar. Tenía hematomas en los brazos y en la pierna —se distinguía con claridad la marca de unos dedos; apreté la mandíbula—, en el estómago y en los pechos. Me lo tomé con calma porque, al más mínimo contacto, Lola apretaba la mandíbula y lo último que deseaba era hacerle daño. Cuando terminé, me dolía el cuello de la tensión acumulada.

—Muchas gracias, Nacho. A pesar de ser un bocazas, va a resultar que eres un buen tío.

No entendí a qué se refería, pero Lola ya tenía los ojos cerrados y no quise interrumpir su sueño.

24

No necesito seguridad

Lola

UNAS SEMANAS DESPUÉS

Estaba que me subía por las paredes y tenía la certeza casi absoluta de que no aguantaría así ni un día más. Llevaba un montón de días sin pisar la comisaría y ya casi me había recuperado del todo, pero, por mucho que supliqué volver, aunque solo fuera para hacer informes, no me dejaron.

Acababa de llegar de dar un paseo —en realidad había corrido en muchos tramos, pero eso mejor me lo callaba— y me fui directa a la ducha. Al desnudarme me miré en el espejo y arrugué la boca. Muchas de las contusiones habían desaparecido, pero seguían quedando restos de algún que otro hematoma. Mi cara sí que había mejorado bastante y, aunque aún conservaba algunas partes un poco inflamadas, no tenía ni punto de comparación con cómo estaba la mañana siguiente a la paliza.

Mi mente viajó a los últimos días, a Nacho insistiendo en untarme la crema por todo el cuerpo, a pesar de que podría haberlo hecho Inés, incluso yo en la mayoría de las partes. A mi piel erizándose con su contacto, a mi respiración acelerándose y a él impasible, imperturbable.

No volví a utilizar mi cama ni mi amiga tampoco había vuelto a dormir en ella desde la noche del altercado y, como si de un pacto tácito se tratara, Inés y yo continuamos durmiendo con ellos en sus respectivas habitaciones.

No entendía qué era lo que me sucedía con Nacho, pero me pasaba el día pensando en él y deseando que llegara la noche para verlo y embarcarnos en esas charlas interminables que nos mantenían despiertos hasta altas horas de la madrugada. Me encantaba compartir cama con él y eso era de lo más asombroso, porque yo jamás había dormido con nadie, ni siquiera con Aarón cuando me lo pidió. Pero con Nacho no había sexo de por medio y no estaba del todo segura de si eso era mejor o peor, porque, si no se trataba de sexo, ¿qué era entonces?

Nunca había sentido lo que empezaba a despertar Nacho en mí, y no me gustaba. Yo no estaba acostumbrada a tener sentimientos por un hombre más allá de la atracción sexual; aunque Aarón acabó siendo algo más que eso, porque se convirtió en mi amigo, no era ni remotamente parecido a lo que Nacho avivaba en mí.

Además, me sorprendió mucho el día que vinieron a verme las mujeres de mi familia, porque esa misma noche, mientras hablábamos en la cama, me las describió muy bien para haber estado con ellas solo unas horas. Y lo que más me impresionó fue que supiera y entendiera cómo me sentía yo y cómo había acabado siendo por ellas.

No es que mi familia me obligara a ser de una manera en concreto, yo creo que acabé escogiendo el rol con el que más cómoda me sentía.

Mi hermana Sonia y yo nos llevábamos bien, aunque no manteníamos una relación demasiado estrecha, imagino que por las pocas cosas en común que teníamos. Ella siempre fue dulce y amable y yo acabé siendo todo lo contrario.

No me resultó difícil convertirme en lo que era, porque cogí de referente un poco de cada uno de mis progenitores. Mi padre siempre había sido mi debilidad, y siendo aún una cría lo acompañaba a todos los sitios que podía. Junto a él me aficioné al boxeo y pisé su comisaría muchas más veces de lo recomendado. Y así fue como acabé enamorándome de esa profesión y de lo que siempre había sido mi padre.

Tuve claro desde bien niña que quería dedicarme a eso, pero yo no iba a conformarme solo con ser policía, yo quería ser buena en mi trabajo, por eso, desde que tuve uso de razón, pedí que me apuntaran a kárate, después a defensa personal, a boxeo... Debía compensar lo pequeñita que era con una defensa depurada, y lo conseguí.

Mi madre me animó a asistir a todos esos cursos; ella era la que insistía en que, si quería ser policía, tendría que ser mejor que los demás, ya que esa seguía siendo una profesión de hombres. También fue ella, sin pretenderlo, la que me hizo distanciarme poco a poco de los hombres. No era que mi madre nos hablara mal de ellos ni nada por el estilo, pero en muchas cenas explicaba cosas y lloraba por cómo la trataban y la menospreciaban en el trabajo a causa de ser mujer. Por ello, cuando finalmente logró el puesto de directiva, se volvió muy fría, no con nosotros, pero oímos infinidad de conversaciones al teléfono con compañeros de su trabajo, y eso acabó marcándome.

* * *

Oí cerrarse la puerta y cuando miré la hora en el móvil me extrañó que Nacho hubiera llegado tan tarde. Acababa de salir de la ducha, así que me puse el pijama con rapidez y salí del baño con el pelo mojado. Me dirigí al salón y al llegar allí lo vi sentado en el sofá, con la cabeza entre las manos.

—¿Estás bien, Nacho? —susurré, pero no me moví.

—Ven, siéntate aquí. —Golpeó con su mano el sitio libre que había junto a él.

Comenzaba a conocerlo y tuve la certeza de que algo iba realmente mal. Cuando me acomodé a su lado, respiró hondo.

—Lola, al meter entre rejas a algunos de los tíos que cogimos en tu último operativo, estábamos barajando la posibilidad de que Inés y tú volvierais a vuestra casa. —No dije nada porque sabía que Nacho no había acabado de hablar—. Pero anoche alguien siguió a la agente Peláez cuando salió del trabajo. —Hizo una pausa para coger aire—. Esta mañana la han encontrado muerta en un callejón, a dos manzanas de la comisaría.

Tardé un rato en asimilar esas palabras. Blanca Peláez y yo habíamos coincidido muy pocas veces. En una comisaría tan grande como la nuestra, apenas intercambiamos un par de frases de cortesía. Pero entonces caí en algo y mis ojos se abrieron como platos.

—Acabas de entenderlo, ¿verdad? —preguntó Nacho. Yo solo pude asentir con la cabeza.

En la comisaría más de una vez me habían llamado Blanca por error. Ella y yo teníamos una complexión muy similar, el pelo exactamente igual y, aunque de cara no nos parecíamos demasiado, nos confundían con bastante asiduidad.

—No pensábamos que hubieran podido conseguir tantos datos de ti, pero están al corriente de dónde trabajas. Es cierto que aún no sabemos con seguridad que hayan sido ellos, aunque todo apunta a que confundieron a Blanca contigo. Con Inés no es el mismo caso, porque seguramente los rusos no se quedaron con su cara igual que lo hicieron con la tuya, pero no podemos arriesgarnos, por lo que las dos estaréis una temporada sin pisar la comisaría. Casi todos los tipos que detuvimos en el club están pendientes de juicio, pero ya sabes cómo funciona esto; da igual a cuántos cojas, ya que siempre hay más.

»El asesinato de Peláez ha sido una chapuza, lo que nos hace pensar que no se trataba de un profesional. Quizá sea alguien que colabora con la banda, todavía no lo sabemos y todo son conjeturas. Aunque, de los quince que atrapamos esa noche, solo dos tienen antecedentes, así que sospechamos que uno de esos dos era el cabecilla de la red de trata y el que mueve los hilos desde la cárcel.

Una lágrima corrió por mi mejilla y la aparté con furia.

Me dio muchísima pena que a Blanca la hubieran matado por una puñetera confusión y me frustró tener que quedarme en casa, de brazos cruzados, mientras otros hacían el trabajo por mí.

—Tu padre se ha hecho cargo del caso y nos ha sacado a todos de él, dice que estamos demasiado implicados. Me ha pedido que me encargue personalmente de tu seguridad hasta que esto acabe.

—¡¡No necesito seguridad, joder!! Mi padre sigue viéndome como a una niña, y no voy a consentir que me trate como tal.

—Lola, tranquilízate. No lo hace porque seas una cría, esto tiene que ver con que eres una agente que corre peligro; daría igual que estuvieras a punto de jubilarte o que fueras un tío, simplemente necesitas protección. Además, ya estábamos muy cerca de pillarlos, no creo que tardemos mucho. La chica que estuvo contigo en la habitación aquella noche ha decidido hablar, por lo visto la dejaste muy impresionada, y ya sabes cómo va esto: en cuanto lo haga una, se sumarán más.

Tomé aire y logré serenarme un poco.

—Sí, que una de ellas tenga el valor de denunciar es crucial para la investigación y será de vital importancia para encerrarlos —argumenté, y Nacho sonrió—. ¿De qué te ríes?

—De nada. Acabo de recordar una cosa que me ha dicho tu padre y que me ha dejado algo confuso.

—Sorpréndeme.

—Cito textualmente: «si no eres tú, en persona, el encargado de la protección de Lola, mi mujer es capaz de matarme». —Eso me extrañó bastante, porque mi madre nunca se metía en nuestro trabajo y jamás le decía a mi padre lo que tenía que hacer.

—Es muy raro que mi madre se meta en esto —verbalicé.

—Eso es porque le caí muy bien el otro día.

—Sí, supongo. Es que, cuando quieres, eres un encanto. —Mostré mi sonrisa más falsa.

—Perdona, pero lo soy siempre —respondió, y yo lo miré entrecerrando los ojos.

«Si no fuera tan bocazas, sería casi perfecto.» Sacudí la cabeza intentando borrar ese último pensamiento. ¿Desde cuándo creía que Nacho era casi perfecto? Seguro que tenía mil defectos; hablar más de la cuenta era, sin duda, uno de ellos.

—¿Podré ir al entierro de Blanca? —pregunté cambiando de tema.

—No creo que sea buena idea.

Comprendí su respuesta y permanecimos en silencio unos instantes.

—También tengo que decirte que hemos pensado que lo mejor será enviar a Inés lejos de aquí —confesó Nacho.

—¿A dónde vais a llevarla? —planteé con cierta alarma en la voz.

—He hablado con mi hermano y van a ir a casa de mis padres. Viven en un pueblo pequeño que está bastante aislado. Creemos que es el sitio perfecto.

—¿Álvaro se quedará con ella? —Sentí curiosidad.

—Aprovechará unos días de vacaciones que le debían y, de paso, verá a mis padres.

—¿Y no podemos ir nosotros también? —Había cierta súplica en mi voz.

—Había imaginado que no querrías marcharte de aquí.

—Pues no imagines tanto —bromeé.

—Sinceramente, aunque sería mejor que Inés y tú estuvierais separadas, es un sitio tan tranquilo y alejado del bullicio que no creo que haya ningún problema.

No lo hubo y, por primera vez en un montón de tiempo, me tomé algo parecido a unas vacaciones.

25

¿Qué quieres, Aarón?

Lola

Casi había acabado de hacer la maleta, solo me faltaban un par de cosas y lo tendría todo preparado para marcharnos esa misma mañana. Inés y Álvaro se habían ido dos días antes para que no saliéramos todos juntos, a fin de evitar llamar demasiado la atención.

Mi amiga y yo hablamos el día anterior y me pidió que le llevara el libro electrónico que se había olvidado en casa, ya que, por lo visto, allí había pocas cosas con las que entretenerse. Me comentó que los padres de Álvaro y Nacho se estaban mostrando encantadores y muy contentos de tenerlos allí. Eso me tranquilizó, porque había supuesto que pasar de estar solos a tener a cuatro personas más en su casa no les haría mucha gracia. Agradecí estar equivocada.

Me dirigía al baño para asegurarme de que no me dejaba nada cuando sonó el timbre de la puerta. Me puse nerviosa, porque no esperábamos a nadie. Ya me había despedido de mi familia la tarde anterior y habían conseguido sacarme de mis casillas, sobre todo mi madre. Me dejó completamente fuera de juego que no parara de alabar las cualidades de Nacho, como si yo no fuera ya lo suficientemente consciente de ellas. Jamás se había comportado así, aunque tengo que reconocer que no le había dado opción, ya que nunca había tenido pareja. Y no era que Nacho lo fuera, pero parecía que la relación que manteníamos le daba a mi madre pie para meterse en ella.

Tampoco fue buena idea que, para no preocuparla, la engañáramos y le dijéramos que nos íbamos juntos a pasar unos días; eso solo sirvió para que su imaginación se disparara aún más y, por la manera en la que sonrió al despedirse de nosotros, supe que había sido un gran error. Pero explicarle que habían matado a una agente porque la confundieron conmigo no nos parecía demasiado conveniente.

El timbre volvió a sonar y me encaminé hacia la puerta, pero me quedé parada en el salón porque Nacho se me adelantó. Contuve la respiración y no solté el aire hasta que oí una voz que me resultó familiar.

—Hola, preciosa, ¿pensabas irte sin despedirte? —me saludó Aarón acercándose a mí.

—Ruiz, debes de ser el agente más gi... irresponsable que hay en toda la comisaría. —Resultó evidente que Nacho había obviado soltar un taco, pero se le quedó en la punta de la lengua.

—He estado dos horas dando vueltas antes de venir aquí —se justificó el aludido.

—¡Me da igual! —gritó Nacho—. Has podido poner en peligro a la subinspectora.

—Me he asegurado de que nadie me seguía —insistió Aarón.

Nacho soltó un gruñido, pero no dijo nada más. Nos quedamos los tres sumidos en un incómodo silencio. Yo, contemplando a Nacho, y Nacho, observando a Aarón con una mirada que desprendía hostilidad.

—¿Qué quieres, Aarón? —susurré por destensar el ambiente.

—Hablar contigo. Vamos a tu habitación —me pidió.

—Salimos en media hora. Voy a bajar mis cosas al coche y así os dejo solos —soltó Nacho, y ese final de frase pareció escupirlo.

Aarón y yo nos dirigimos a mi cuarto. No tenía demasiadas ganas de hablar con él, pero habíamos pasado muchas cosas juntos y se lo debía.

—¿Cómo estás? —me preguntó nada más cerrar la puerta.

—He estado mejor, pero lo superaré, como siempre. Ya sabes cómo soy. —Esbocé un amago de sonrisa.

—Sí, ya lo sé, nadie te conoce como yo. —Esa afirmación me chirrió, porque no era verdad. Aarón conocía la versión que yo mostraba al mundo; sin embargo, en muy poco tiempo Nacho había descubierto esa otra parte que escondía con ahínco, pero que también formaba parte de mí—. Te echo de menos, Lola.

Cerré los ojos; lo último que necesitaba en esos momentos era una escenita melodramática por parte de Aarón.

Nunca lo engañé, jamás le hice creer que lo nuestro sería algo más que sexo esporádico, pero por lo visto no debí de hacerlo del todo bien.

—Solo voy a irme unos días, quizá alguna semana. Ya mismo estaré de vuelta.

—Ya, pero lo que quiero decir es que echo de menos que volvamos a lo que teníamos, prometo no presionarte nunca ni pedirte más que eso. —Aarón se llevó la mano a la nuca; parecía contrariado y yo no estaba segura de que quisiera oír lo que estaba a punto de decir—. ¿Por qué no te quedas aquí conmigo?

No se me había pasado por la cabeza, ni por un instante, quedarme con él, y esa certeza me sorprendió, ya que no tenía nada que ver con que mi padre hubiera asignado a Nacho como mi protector. Podría hablar con él y convencerlo para que fuera Aarón el encargado de vigilarme, simplemente era yo la que quería estar cerca de Nacho.

Tenía claro que Aarón no hablaba en serio con lo de volver a lo de antes, porque, aunque continuáramos con lo que teníamos, él seguiría haciéndose ilusiones y cada vez sería más difícil apartarlo sin que saliera herido. Así que hice una cosa que siempre intentaba evitar: mentir.

—Lo siento mucho, Aarón, pero he empezado algo con alguien. —Me miró con el asombro reflejado en el rostro.

—¿Qué quieres decir con «algo»? ¿Que te acuestas con otro? Ya sabes que no me importa, no tenemos exclusividad ninguno de los dos.

A ver cómo salía de esa.

—Bueno, es algo más complejo que eso —balbuceé.

—Pero tú me aseguraste por activa y por pasiva que nunca tendrías una relación con nadie. —Aarón parecía dolido.

—No es exactamente una relación, pero estamos empezando algo... —No sabía ni cómo continuar. ¿Quién me mandaba a mí meterme en esos berenjenales, con lo mal que se me daba mentir?

—No lo entiendo, Lola. No te has relacionado con nadie en las últimas semanas, apenas has salido de casa de Nacho y... —Él mismo sacó sus propias conclusiones, y yo cerré los ojos, porque en lugar de mejorar las cosas solo las estaba empeorando—. ¡Vamos, Lola, no me jodas!

Aarón se puso a dar vueltas por la habitación y yo comencé a ser consciente de la pelota que acababa de formar por no decir la verdad. A Nacho no iba a hacerle ni puñetera gracia, así que solo podía hacer una cosa.

—Aarón, estamos empezando. Espero que seas discreto y no se lo digas a nadie —le rogué.

—Si estás empezando, no es nada serio, por lo tanto vuelvo a pedirte que te quedes conmigo. —Me sorprendió la insistencia de Aarón, por lo que llegué a la conclusión de que tenía que poner fin a la conversación.

—Aarón, no voy a quedarme contigo, y creo que ya es hora de que te vayas. —Mi voz sonó más dura de lo que pretendía.

—Has tardado muy poco en sacarme de tu cama y sustituirme por otro. Una pena, no porque vaya a echarte de menos —estaba dolido y lo sabía, porque acababa de contradecir sus anteriores palabras y porque nosotros no teníamos una relación de exclusividad, nos habíamos acostado con otras personas incluso cuando «estábamos juntos»—, sino porque me gustaba acostarme contigo. Como ya les comenté a los chicos, follando eres estupenda.

De pronto recordé aquella conversación que oí detrás de la puerta de la comisaría, cuando pensé que había sido Nacho quien había hecho ese comentario, porque por aquel entonces él y yo no teníamos la misma relación que en ese momento. Y porque me negaba a pensar que Aarón, con lo bien que me conocía y sabiendo la hostilidad que tenía con mis compañeros, me hubiera hecho algo así.

Cuadré los hombros y alcé la vista hasta posarla en sus ojos. Él se asombró y yo supe que era porque jamás lo había mirado con esa frialdad.

—Sabes que soy tu jefa, ¿verdad, Ruiz? —Por primera vez en mucho tiempo, me dirigí a él por su apellido estando los dos solos.

—Y tú sabes que no puedes utilizar tu rango para castigarme por algo personal. —Y tuvo la impertinencia de sonreír.

—Me conoces muy poco si crees que haría algo así. No, no voy a utilizar mi categoría, lo que no voy a dejar de utilizar es mi cuerpo. Te he preguntado eso para dejar claro que lo que voy a hacer ahora no lo hago como tu subinspectora, lo hago como Lola Jiménez. —Acto seguido le aticé un guantazo en la cara, con todas mis fuerzas. Me arrepentí nada más dárselo, porque aún tenía la mano resentida y aullé de dolor.

Nacho abrió la puerta de golpe; parecía asustado, y es que mi grito lo había puesto en guardia.

—¿Qué pasa aquí? —Alternó la mirada entre Aarón y yo.

—Nada, el agente Ruiz ya se iba —gimoteé.

Antes de salir, Aarón le espetó a Nacho:

—Que te aproveche.

Este se quedó completamente desconcertado. Estaba claro que le debía una explicación.

En cuanto Aarón salió por la puerta, Nacho se acercó a mí para ver qué me había pasado.

—¿Estás bien?, ¿qué ha ocurrido? —preguntó con preocupación.

—Sí, estoy bien, pero le he dado un guantazo con la mano mala, he calculado mal y le he endiñado mucho más fuerte de lo que pretendía. No me digas nada, ya sé que no ha sido buena idea.

—Si no te la has roto, me parece una idea maravillosa.

Nacho desapareció y volvió con una bolsa de guisantes congelados que puso sobre mi mano.

—Tengo que explicarte algo, y creo que no va a gustarte. —Nada más decirlo, levantó la vista hacia mí y me miró con preocupación y recelo—. Mejor nos sentamos.

26

Ahogar a las mariposas

Lola

Me senté en la cama y Nacho se acomodó a mi lado. Continuaba estando intranquilo, así que decidí contárselo todo desde el principio para que entendiera mejor la situación.

—Aarón y yo nos conocimos hace tiempo en la comisaría, y entre nosotros surgió algo así como una fuerte atracción sexual que decidimos resolver.

—Vale, vale, no hace falta entrar en detalles, ya sé que os acostabais juntos de vez en cuando. —Nacho parecía tener prisa por terminar la conversación. Igual nos habíamos retrasado demasiado y quería salir ya.

—Si lo prefieres, puedo explicártelo en el coche —sugerí.

—No, da igual, acaba.

—Sí, nos acostábamos de vez en cuando, siempre que salíamos por ahí terminábamos yéndonos juntos.

—Menos el día que te fuiste conmigo. —Nacho hablaba con la mandíbula ligeramente apretada.

—Sí, ese día Aarón estaba ocupado con una chica y yo...

—Vaya, es de lo más gratificante ser el segundo plato.

No pude responderle a eso porque en cierta manera tenía razón, así que preferí ignorar su comentario y continuar con la explicación.

—Le dejé las cosas muy claras desde el principio. Lo nuestro no era nada más que sexo. —Nacho resopló, haciéndome perder por un momento el hilo de lo que estaba diciéndole—. Bueno, la cuestión es que hace unas semanas noté que Aarón empezaba a querer algo más y yo no estaba dispuesta a dárselo, por lo que preferí cortar todo tipo de intimidad con él. Hoy ha venido para volver a intentarlo y no se me ha ocurrido otra forma de salir de esta situación que mintiendo...

—Me estás dando miedo —me interrumpió.

—Lo siento, Nacho. En realidad ha sido un malentendido y no era esa exactamente mi intención, pero...

—Lola, por favor, ¿puedes ir al grano?

—Aarón ha malinterpretado mis palabras y ha creído que tú y yo estábamos juntos, y yo no me he molestado en contradecirlo. —Al acabar de hablar, Nacho pareció suspirar aliviado.

—Eso no me importa, lo que quiero saber es qué te ha hecho para que le dieras semejante guantazo.

—¿No te importa que haya dado por sentado que salimos juntos? —Estaba perpleja.

—No, en absoluto. ¿Qué más te ha dicho?

—Me ha pedido que me quede aquí con él.

—Desde luego eso no ha sido muy inteligente por su parte. —Nacho se inquietaba más cada vez que hablaba—.

Pero se ha ido de esa forma porque le has dicho que no, ¿me equivoco?

—No, no te equivocas; mi padre ha ordenado que me quede contigo. —Esa fue la excusa que le di, no me apetecía reconocer que prefería quedarme con él a irme con Aarón.

—Una decisión muy acertada por tu parte.

—Nacho, tengo que advertirte que, aunque le he pedido que no lo haga, estoy casi segura de que la noticia correrá como la pólvora por la comisaría. Los compañeros empezarán a hablar..., como si no fuera ya suficientemente malo el concepto que tienen de mí... —Me llevé las manos a la cara.

—Ese es tu gran problema, que crees que tienes que demostrar lo que vales al resto de los compañeros, sin darte cuenta de que estás donde estás por méritos propios —dijo mientras me retiraba las manos de la cara y me la levantaba para que lo mirara—. Pero tampoco le has pegado por eso, ¿a que no?

—No. Lo he hecho porque ha ido hablando de mí... y de mi actitud... en la cama... con otros compañeros. Y quiero pedirte perdón también por eso, porque pensé que habías sido tú.

—¡¿Yo?! Jamás se me ocurriría hablar de algo así con nadie, ni dentro ni fuera de la comisaría.

—Ahora lo sé —aclaré.

—Pues qué quieres que te diga, ha sido una hostia muy bien merecida. —Nacho se apretó las manos con nerviosismo—. Tengo que confesarte que yo oí ese comentario. Y desde ese día no trago a Ruiz.

—Podrías habérmelo contado —le recriminé en cierto modo.

—¿Qué querías que te dijera?, ¿que el tío con el que te acostabas era un gilipollas y un bocazas?

—Pues algo así hubiera estado bien. —Sonreí.

—Quizá tengas razón.

Nos quedamos en silencio un instante; a pesar de lo que le había dicho, no tenía derecho a echarle nada en cara a Nacho, ya que yo tampoco estaba segura de que se lo hubiera contado a él si las cosas hubiesen sido al revés. Soy de las que prefieren no meterse en ese tipo de líos.

—En el fondo me da pena haber acabado así con él. Pensaba que se lo había dejado todo lo suficientemente claro.

—Lola, aunque tú le hubieras puesto las cosas claras, cuando dos personas comienzan a conocerse no puedes impedir que una de ellas, o las dos, empiecen a sentir cosas, por muy estipulado que lo hayas dejado al inicio.

—Sí, supongo que tienes razón —reconocí.

—Se pueden pactar muchas cosas, pero los sentimientos no son una de ellas.

—¿Sentimientos? ¿Eso qué es? —bromeé.

—Anda, vámonos, que al final se nos va a hacer tarde —sentenció Nacho a la vez que se ponía de pie y me tendía una mano.

Al agarrársela y mirarlo a los ojos, algo extraño, que no tenía nada de sexual, revoloteó en mi estómago. En cuanto llegáramos a la casa de los padres de Nacho pensaba beberme una botella de vino; si eso que acababa de sentir eran las puñeteras mariposas de las que todo el mundo hablaba, tenía pensado ahogarlas.

Media hora más tarde estábamos de camino a un pueblo perdido en la montaña, de apenas mil habitantes.

27

Huír

Historia de Inés y Álvaro

Hacía dos días que habían llegado, aunque daba la sensación de que llevaban allí mucho más. La madre de Álvaro se había limitado a sonreír cuando comentaron que, a pesar de no ser pareja, dormirían juntos. Ella conocía mejor que nadie a su hijo y sabía que algo sentía por esa preciosa chica que iba a pasar unos días en su casa.

Inés se levantaba temprano. Si no podía ir a entrenar al gimnasio, debía hacer algo de ejercicio, así que por la mañana se dedicaba a correr. Álvaro insistió en acompañarla.

Su hermano le había advertido que no la dejara sola en ningún momento. O esa era la excusa que le daba a Inés y que a él le venía genial para no despegarse de ella.

Aunque ella imaginó que él no sería capaz de seguir su ritmo, se equivocó.

—Te tenía por un ratón de biblioteca, no pensé que estuvieras tan en forma —le comentó sin una pizca de burla; días atrás había dejado de comportarse con Álvaro como lo hacía con el resto de los hombres.

—En realidad me estoy haciendo el chulo, llevaba mucho tiempo sin salir a correr y posiblemente mañana no podré moverme.

—Eres un mentiroso —lo acusó Inés, porque se notaba que estaba acostumbrado a hacer deporte.

Después le sacó la lengua y aceleró el paso, incitando a Álvaro a que la alcanzara. Él se quedó un instante atrás, con los ojos clavados en el culo de Inés y pensando en lo maravillosamente bien que le quedaban esas mallas. Luego salió corriendo tras ella y la atrapó unos pocos metros más adelante.

Cuando la tuvo entre sus brazos la soltó con rapidez, porque se dio cuenta de que no era buena idea estrechar así a Inés contra su cuerpo, y menos cuando las respiraciones de ambos se encontraban aceleradas por el ejercicio y por algo más...

* * *

Las mañanas se pasaban entre salir a correr y ayudar a cocinar a Maruja, la madre de Álvaro. Por las tardes, Inés se sentaba a leer en un sillón, cerca de la mesa que ocupaba él y en la que no cabía un solo papel más.

Álvaro tenía que trabajar en algo que estaba investigando, pero durante las pausas que hacía las conversaciones entre los dos se alargaban horas.

Ella nunca había mantenido ese tipo de charlas con nadie, pero sentía que Álvaro no la miraba como el resto de los tíos; no había ni un ápice de deseo en sus ojos y eso le indicaba que su presencia se debía a que le hacía un gran favor a su hermano policía, porque el caso se había complicado mucho; en resumen, aunque él hubiera aceptado, no le entusiasmaba la idea.

Álvaro, por su parte, no sabía cuánto tiempo más aguantaría durmiendo apenas unas pocas horas. Porque estar tan cerca de Inés y no tocarla se estaba convirtiendo en su propio infierno personal. Empezaba a dudar de estar haciendo las cosas bien con ella. Tampoco iba a pasar nada si una noche se dejaba llevar y después de desnudarla con cuidado se introducía, ya sin tanto tacto, en ella. Sacudió la cabeza para alejar esos pensamientos, puesto que Inés, después del estriptis que le hizo aquella noche y que él no conseguía borrar de su cabeza, no había vuelto a hacerle ningún tipo de comentario ni insinuación.

No le extrañaba, porque ella era realmente fascinante, no solo en el aspecto físico, sino también en todos los demás, y podría estar con el hombre que quisiera. Álvaro se planteó que cuando llegara su hermano hablaría con él para ver si podía irse; no soportaba estar más tiempo junto a ella y creía que lo mejor era poner tierra de por medio, intentar olvidarla, aunque le costara, porque lo que estaba claro era que Inés no acabaría eligiendo a un hombre como él. Igual podría acostarse con ella, no lo descartaba del todo, pues al principio se le había insinuado alguna vez. Pero no era eso lo que Álvaro quería; estaba completamente seguro de que, si se acostaba con ella una sola vez, todo se complicaría mucho, y él no tendría suficiente con eso.

Levantó la vista de sus apuntes y observó a Inés. Estaba sentada en el sillón con los pies recogidos y un libro, que él mismo le había recomendado, entre las manos. Una punzada de algo parecido a la felicidad lo invadió; le encantaría poder compartir con ella un montón más de momentos como ese. Y precisamente ese pensamiento contradecía por completo el que había tenido unos instantes antes. Sentía tal cacao mental que le era difícil ordenar sus ideas, y para una persona como él, a quien le gustaba tenerlo todo bajo control, aquello le resultaba del todo inaudito. Así que llegó a una única conclusión, quizá la más fácil de todas: huir. En cuanto llegara Nacho, hablaría con él.

Inés estaba sumergida en una lectura que le había recomendado Álvaro y no acababa de concentrarse en ella porque no sabía cómo conseguiría seguir durmiendo cada noche junto a él sin poder tocarlo, así que pensó que, quizá, lo mejor era pedirle que cada uno durmiera en una habitación. Mientras barajaba esa posibilidad sintió un nudo en el estómago, porque, aunque no tuvieran sexo, antes de dormir mantenían unas conversaciones eternas que echaría mucho de menos.

Entretanto, alternaban las miradas sin que estas se encontraran ni una sola vez.

Inés y Álvaro iban pensando en cuál sería la mejor opción para distanciarse uno del otro, sin saber que la mayoría de las veces es el propio destino el encargado de planear nuestras vidas.

28

Hogar, dulce hogar

Nacho

El trayecto en el coche fue bastante tranquilo. No había demasiado tráfico, aunque me paré a comprar pomada y unas vendas para la mano de Lola, que estaba adquiriendo un color bastante feo. No fue tanto por la hostia que le pegó, yo creo que se volvió a dañar algún hueso que no había acabado de soldar bien.

—¿Seguro que no te duele? —planteé con desconfianza.

—No mucho.

—Por el camino podemos parar y acercarnos a que te vea un médico. —Sabía cuál sería su respuesta, pero quise preguntárselo de todos modos.

—No, qué va, si prácticamente no me molesta. —Me volví un instante y la miré con escepticismo—. En serio, la bolsa de guisantes congelados que me has puesto antes de salir ha hecho que casi no haya inflamación y puedo mover bien la mano; mañana estará perfecta.

Quise decirle que ella siempre estaba perfecta, y no supe de dónde había salido ese comentario tan edulcorado.

No pude evitar sonreír porque, si Lola llevaba la mano

así, la cara de ese imbécil también tendría lo suyo. Debo reconocer que, cuando lo vi aparecer por mi casa, me entraron ganas de dársela yo mismo. Menudo inconsciente, presentarse allí sabiendo que iban detrás de Lola. Aunque, si era franco conmigo mismo, lo que me jodió fue que pidiera hablar a solas con ella, y la verdad es que no acabé de entender mi reacción. Ya sabía que Aarón y Lola se acostaban juntos, por eso no comprendí que me afectara tanto si hubieran decidido volver a hacerlo.

Cuando me había mentalizado para lo peor, va Lola y me dice que le ha mentido y le ha contado que somos pareja. El alivio que sentí fue tan grande que hasta yo me asusté.

Era consciente de que empezaba a tener sentimientos por Lola, pero también sabía que debería tener mucha paciencia con ella. Porque al mínimo paso en falso saldría corriendo sin mirar atrás.

* * *

Llegamos al pueblo cuando ya anochecía. Durante el viaje habíamos alternado conversaciones con ratos de un silencio cómodo.

Descubrimos que nos gustaba el mismo estilo de música y nos pasamos buena parte del viaje intercambiando comentarios de nuestros grupos favoritos. Me encantaba ver que se arrebolaban sus mejillas cuando se entusiasmaba por un tema.

Si no se cerraba en banda, y se mostraba tal cual era,

hablar con Lola me resultaba fácil y placentero, me daba la sensación de que la conocía desde hacía mucho.

Nada más llegar a casa de mis padres, me volví para mirarla; se estaba desperezando y cuando nuestros ojos se encontraron me sonrió. Fue una sonrisa tan genuina que no pude evitar devolvérsela.

Aún no habíamos bajado del coche y un puñado de personas ya estaban fuera en la calle, esperándonos: mis padres, Álvaro e Inés. Yo resoplé, porque se me había olvidado que a partir de ese momento la intimidad brillaría por su ausencia.

Inés se aproximó hasta nosotros, seguida desde cerca por mi hermano. Me daba la sensación de que este se había tomado muy en serio su papel de guardaespaldas. En cuanto Lola salió del vehículo, las dos amigas se fundieron en un abrazo.

Yo me encaminé hacia el maletero. No me había dado tiempo a llegar cuando Álvaro me sorprendió al abordarme.

—¿Podemos hablar un momento? —Me asusté porque creí que había sucedido algo relacionado con el caso. ¿Y si habían descubierto que nos escondíamos allí?

—Mamá, papá, ella es Lola. Lola, ellos son mis padres, Maruja y Vicente.

Sin ni siquiera esperar a que se saludaran, seguí a mi hermano hasta una de las habitaciones de la vivienda. Me sentía realmente inquieto por lo que Álvaro quisiera decirme.

—Álvaro, me estás preocupando. ¿Qué pasa?

—Nacho, tengo que irme. —Respiré aliviado, porque

desde que me había pedido hablar a solas barajé tantas posibilidades que esa me tranquilizó enormemente.

—Preferiría que te quedarás, pero, si te ha surgido algo, entiendo que tengas que marcharte.

—Esa es la versión oficial que contaré. Me ha salido algo en el trabajo y debo volver.

—¿Y la verdad? —Mi hermano dudó, y no porque no fuera a decírmelo; sabía que me lo explicaría, nosotros nos lo contábamos todo. Solo estaba ordenando sus ideas.

—No puedo seguir viviendo bajo el mismo techo que Inés, y menos aún dormir cada noche junto a ella. Lo he intentado, pero ya no aguanto más.

—Vaya, pues mira que opinaba que era buena tía. No imaginaba que te estaba volviendo tan loco. —Sonreí porque sabía muy bien cómo se sentía, pero quería que me lo confirmara él mismo.

—No es precisamente su manera de ser la que me está volviendo loco. Y, sí, es una tía maravillosa.

—Vaya, vaya, hermanito... —lo pinché.

—No te hagas el imbécil conmigo, que nos conocemos demasiado bien y he visto cómo miras a Lola. —Me había pillado.

—Y la solución que has encontrado para enfrentarte a esto es huir —ironicé, volviendo a centrar el tema en él.

—¡La solución que he encontrado es dejar de vivir con ella, porque, joder, es insoportable! —Álvaro acabó perdiendo los nervios y alzando la voz. Yo sabía que él se refería a la situación y no a Inés, pero, en cuanto oí abrirse la puerta y vi a Lola seguida de su amiga, supe, por el brillo en los ojos de esta, que no lo había entendido de la misma manera.

—Lo siento, pero, según me han dicho, estáis en mi cuarto —susurró Lola.

Menudos idiotas; de todas las habitaciones que tenía la casa, nos habíamos metido precisamente en la que a partir de ese momento sería la de Lola.

Me volví para mirar a mi hermano, que se había quedado lívido, así que decidí actuar con rapidez. Y cuando yo hacía eso la cosa solía ir de mal en peor.

—Álvaro me estaba comentando que debe irse, le ha surgido algo en el trabajo. —A mi comentario le siguió un silencio incómodo.

Inés no dijo nada, pero dio media vuelta y desapareció. Noté que mi hermano se planteaba si seguirla o dejarla marchar. Yo me quedé inmóvil en mitad de la estancia y Lola clavó los ojos en mí esperando una explicación.

Hogar, dulce hogar.

29

No hay vuelta atrás

Lola

En cuanto vi a Inés marcharse, supe que estaba pasando algo que se me escapaba, pero preferí dejar a los dos hermanos solos y, sobre todo, ir detrás de mi amiga para que me explicara qué era lo que me había perdido. Porque, aunque había oído el comentario de Álvaro y me pareció maleducado y grosero, no acababa de entender por qué le había afectado tanto a Inés, a no ser que empezara a sentir algo por él. Y eso era justamente lo que quería que me contara.

—¡¿Inés?! —grité, pero no conocía la casa, que era enorme, y no la veía por ningún sitio.

—Hola, bonica. Inés ha salido —me comentó Maruja cuando llegué a la planta baja.

—Gracias.

Al abrir la puerta la vi a lo lejos; volví a llamarla y esa vez sí se volvió y esperó a que yo llegara junto a ella. Caminamos una al lado de la otra, en silencio, un rato.

—¿Sabes lo que más me jode, Lola? —Sabía que no esperaba contestación, así que la dejé continuar—. Que, para un puto tío que me gusta de verdad, mi físico, del que todos los hombres hablan maravillas, no me ha servido para una mierda.

Inés estaba cabreada, porque nunca hablaba soltando tantos tacos y cuando lo hacía era debido a que su enfado había alcanzado cotas máximas.

—No tenía ni idea de que te gustara tanto Álvaro.

—Yo tampoco, ha pasado todo muy rápido, pero es que estas últimas semanas han sido como un puñetero *Gran hermano*, todo el santo día juntos. —En eso tenía razón, ninguna de las dos se había separado de los hermanos—. Y encima ya no es que no le guste, no, es que según él soy insoportable. Pues lo tiene claro conmigo.

Inés continuó despotricando durante más de media hora y yo la dejé porque sabía que le sentaría bien, pero ya era noche cerrada y, aunque no nos habíamos alejado mucho, le propuse volver o al final acabaríamos perdiéndonos.

Acompañé a mi amiga a su cuarto y me aseguró que no había dormido en él desde que llegó. Al igual que hicimos en el piso de ellos, allí también había dormido con Álvaro, pero me garantizó que esa noche lo haría sola, así que me despedí de ella.

—¿Seguro que estarás bien? Si quieres, me quedo contigo —le propuse.

—No, estoy bien, no puede afectarme tanto que un tío me rechace. —No quise matizar que en realidad sí le estaba afectando—. Además, me vendrá bien pensar un rato.

—Vale, pero si ves que te agobias o que le das demasiadas vueltas a la cabeza, avísame.

—Eso está hecho. Gracias.

—De nada. —Me acerqué a darle un beso en la frente y percibí que Inés se quedaba perpleja, no era yo de dar ese tipo de muestras de afecto, pero me apeteció hacerlo y lo hice.

Cerré la puerta con suavidad y volví a mi habitación. Me desnudé, me puse el pijama y al meterme en la cama eché de menos el calor de Nacho.

Estuve más de una hora dando vueltas, pero no conseguí conciliar el sueño. Me había acostumbrado a estar junto a él y, por mucho que intenté convencerme a mí misma de que eso era una tontería y de que yo nunca había necesitado a nadie para dormirme, resultó en vano.

Así que ya de madrugada me levanté de la cama y, al abrir la puerta, contemplé el pasillo. No tenía ni idea de cuál era la habitación de Nacho, por lo que fui descartando puertas; primero, la del baño, después, la del cuarto de Inés y, por último, imaginé que la de Nacho sería la que estaría más cerca de la mía, así que me dirigí hacia ella, abrí y entré con cuidado.

Fui caminando muy despacio porque no entraba nada de luz y no tenía ni idea de la distribución de la habitación. Cuando mis ojos se acostumbraron a la oscuridad pude percibir el contorno de la cama. Al llegar a ella, aparté las sábanas con sigilo y me metí. Solo necesitaba sentirlo cerca; me pegué a su cuerpo y cerré los ojos respirando aliviada. Por fin iba a poder dormir.

Noté que Nacho se movía y pasaba sus brazos por mi

cintura, abrazándome por atrás. Me sorprendí un poco, porque desde la noche que regresé del hospital no había vuelto a abrazarme así. Noté su respiración cerca de mi oído y supe que iba a decirme algo.

—Lo siento, Inés. —¡¿Quééé?! Mierda, mierda, mierda.

Intenté salir de la cama lo más rápido posible, pero las piernas se me enredaron con las sábanas y terminé cayéndome al suelo. Me levanté de un salto y, justo cuando acababa de ponerme en pie, él encendió la luz. Al mirarlo a la cara, parecía muy asombrado, seguramente igual que lo estaba yo.

Cerré los ojos como si fuera una adolescente, y es que Álvaro estaba desnudo, por lo menos no llevaba la parte de arriba del pijama. Oí el sonido de las sábanas y cuando volví a abrirlos él se había tapado un poco. No era que me afectara ver el torso desnudo de un hombre, había visto unos cuantos, es que me parecía que estaba invadiendo su intimidad.

—Perdóname, Álvaro, de verdad. Pensaba que era la habitación de Nacho. —La voz me salió mucho más alta y aguda de lo que pretendía. Y, aunque hacía años que no me pasaba, se me subieron los colores.

Él sonrió, pero yo no le vi la gracia por ningún sitio.

—Lola, tranquilízate. No pasa nada, solo ha sido un malentendido. —Álvaro se incorporó en la cama, quedando casi sentado.

—Lo sé, y siento mucho... —Antes de que pudiera terminar la frase, la puerta se abrió.

—Pero qué... —Nacho bajó la pistola con la que había entrado en el cuarto y, aunque pareciera mentira, aún me sonrojé más.

Sin embargo, si pensaba que eso se acabaría ahí, me equivocaba, porque un segundo después vino Inés y al instante siguiente aparecieron los padres de los chicos. Y con ellos allí ya estábamos todos. A mí solo me faltaba explotar. ¡Maldito el momento en el que se me ocurrió dormir con Nacho!

—Pero..., no entiendo nada; ¿tú no dormías con ella? —preguntó Maruja mientras alternaba la mirada entre Álvaro e Inés.

—Venga, todo el mundo a su cama. —Nacho hablaba con cierta indiferencia y dureza. Cuando fue a cerrar la puerta, dejándome a mí en la habitación de Álvaro, di un bote y corrí detrás de él.

—Espera, yo también me voy. —Pero no me esperó.

Tras meterse en su cuarto —que era el que se encontraba frente al de Álvaro— cerró la puerta.

Llamé antes de entrar porque parecía estar enfadado y no entendía su comportamiento, pero no me contestó, así que abrí y me colé dentro.

—¿Qué haces aquí, Lola? —Parecía hastiado.

—No podía dormir.

—¿Y has pensado que Álvaro te ayudaría a hacerlo? —Tardé unos segundos en asimilar lo que quería decir.

—¡¿Qué?! Noo. Me he equivocado de habitación, pensaba que era la tuya. ¿De verdad has creído que yo...? —Ni siquiera me salían las palabras. Me parecía asqueroso que Nacho estuviera pensando que había ido a acostarme con Álvaro. Aunque esa deducción por su parte me hizo abrir los ojos y entender por qué clase de mujer me tenía.

Yo era libre de acostarme con quien quisiera y, en efecto, lo había hecho, pero que pensara que pretendía hacerlo con su hermano, en la casa de sus padres, estando él..., me dolió.

Salí del cuarto de Nacho lo más rápido que pude y me encerré en el mío. Después de echar el cerrojo, me metí en la cama con una mezcla de vergüenza y enfado.

A los pocos segundos oí unos suaves golpes en la puerta y la voz de Nacho pidiéndome que lo dejara pasar. No le respondí y, cuando se cansó de llamar, se fue.

Tumbada en la cama, llegué a la conclusión de que había llegado el momento de dejar de jugar a las casitas con Nacho. No entendía qué me pasaba con él, pero era importante ponerle fin. Yo nunca me había comportado así con un hombre, en realidad no lo había hecho con nadie. Permití que Nacho viera partes de mí que no le había mostrado jamás a ninguna otra persona y había dejado al descubierto una vulnerabilidad que guardaba muy dentro.

Esa noche apenas dormí un par de horas. Lloré y me enfadé conmigo misma por ello, pero cuando me levanté a la mañana siguiente ya había tomado una decisión. Cuando yo hacía eso, ya no había vuelta atrás.

30

El paso en falso

Nacho

Llevaba un buen rato llamando a su puerta, aun sabiendo que Lola no iba a abrirme. Bajé el brazo con lentitud y volví a mi dormitorio. Cuando me tumbé en la cama tuve claro que ese fue justo el paso en falso que me había propuesto no dar.

Hubiera sido tan fácil, cuando la vi en medio de la habitación de Álvaro con los ojos abiertos como platos y las mejillas más rojas de lo que se las había visto jamás, darle la mano y sacarla de allí..., acostarla junto a mí, en mi cama, y dormir hasta la mañana siguiente, como lo habíamos hecho esas últimas semanas, como ya no lo haríamos a partir de ese día.

Sin embargo, en lugar de hacer eso, dejé que mi parte irracional se apoderara de mí. No me paré a pensar en nada, solo en que ella estaba en el cuarto de mi hermano y no en el mío, y ni siquiera se me pasó por la cabeza que todo era fruto de una confusión. ¿Cómo fui capaz de pensar que Lola quería liarse con Álvaro? No podía responderme a esa pregunta, porque me avergonzaba cada vez que me la hacía.

Cuando a la mañana siguiente llegué a la cocina, el ambiente estaba tan tirante que me planteé regresar a la cama.

Álvaro tenía la maleta hecha junto a él y era el único que estaba sentado a la mesa. Inés contemplaba la ventana como si a través de ella viera las cosas más interesantes del mundo. Lola ni siquiera me miró cuando entré y, aunque sabía que las cosas entre nosotros se habían fastidiado, no imaginé que sus muros serían aún más altos que los que alzó cuando la conocí.

Mientras la observaba de reojo, vi que apuraba el contenido de la taza que tenía entre las manos y hablaba sin dirigirse a nadie en particular.

—Voy a salir a correr —anunció.

—Espérame, que salgo contigo —le pedí—; es mejor que no lo hagas sola —aclaré.

—No eres mi superior, por lo tanto, no voy a aceptar ninguna orden. —Utilizó el mismo tono conmigo que usaba con el resto de los compañeros de la comisaría.

Estuve a punto de cerrar los ojos, porque no veas cómo dolió.

—No era una orden —maticé.

—Pues mejor me lo pones. Que vaya bien la vuelta, Álvaro. Nos vemos.

Salió de la casa sin mirar atrás. Inés hizo lo mismo dos minutos más tarde, pero esta ni siquiera se despidió.

—Qué bien lo hemos hecho con ellas, ¿eh, hermanito? —ironizó Álvaro.

—Estupendamente.

Me dirigí a la encimera y me serví un café doble, estaba claro que iba a necesitarlo.

—Aún no puedo creer que pensaras que Lola había venido a mi cuarto buscándome a mí —sentenció mi hermano.

—No me digas nada, a veces no puedo creer lo gilipollas que llego a ser. Aunque estoy convencido de que Lola me hará pagar mi error.

—Pero es que, incluso llegando a la conclusión de que Lola vino para acostarse conmigo, ¿cómo pudiste pensar que, sabiendo lo que sientes por ella, yo sería capaz de meterla en mi cama?

No podía menos que darle la razón.

—No sé qué me pasó. —Ante mi contestación mi hermano negó con la cabeza, dándome a entender lo imbécil que había sido.

—Sea lo que sea, ella se ha cerrado en banda, y no conozco mucho a Lola, pero lo que es seguro es que estás jodido. —A pesar de que podía parecer que Álvaro hablaba en broma, lo notaba muy serio.

—Bah, cállate, que tú no estás mucho mejor —dije intentando desviar el tema.

—No, la verdad es que estamos los dos bien fastidiados.

Justo cuando iba a contestarle, sonó mi móvil. Cuando colgué, suspiré aliviado y, aunque pareciera mentira, también algo triste.

El comisario acababa de informarme de que habían desarticulado la red de trata y que estaban detenidos todos los integrantes. Eso quería decir que Inés y Lola se encontraban a salvo, pero también que ella volvería a su casa y a su vida de antes. Y, con lo que había pasado la noche anterior, no me cabía duda de que pondría mucho espacio de por medio entre nosotros dos.

—¿Qué te han dicho? —quiso saber Álvaro.

—Pues nada, hermanito, que al final nos vamos todos —le aclaré.

* * *

Varias horas más tarde estábamos los cuatro de regreso. Sabíamos que hacer el viaje en el mismo vehículo que ellas podría resultar incómodo, así que decidimos que Lola conduciría mi coche y yo iría en el de Álvaro. Quedé con ella en que al día siguiente me lo acercaría a la comisaría.

Nada más llegar al piso, eché de menos sus cosas y, sobre todo, a ella, así que preferí salir de allí cuanto antes. Ni siquiera cené y en media hora estuve inmerso en el trabajo.

31

Conversación y amistad

Historia de Inés y Álvaro

Álvaro volvió a su casa y a su cama vacía, y fue justo allí cuando dudó de que hubiera sido buena idea alejar a Inés. Lo único que tuvo claro fue que no podía seguir durmiendo junto a ella sin que pasara nada, pero no había pretendido apartarla así de su vida.

Inés, por su parte, al día siguiente de llegar a casa quedó con un antiguo ligue para comer, necesitaba sacarse a Álvaro de la cabeza. Pero supo que había sido un error en el mismo momento en el que Fabrizio pasó a recogerla.

Él era modelo, igual que ella, y habían quedado algunas veces. Sin embargo, y sin acabar de comprender el motivo, en esa ocasión el italiano le pareció aburrido y superficial, y tuvo que inventarse una excusa para acabar antes de tiempo con su cita.

Parecía que la idea de intentar olvidar a Álvaro iba a costar más de lo que creía, porque este se le había metido debajo de la piel, no como el resto de los hombres, que siempre se quedaban en la superficie. Álvaro la había estimulado con sus charlas, retado a comentar lecturas de lo más atrayentes, y se había mostrado muy interesado por saber su opinión en temas de los que nunca había hablado con nadie, y eso era difícil de superar.

* * *

Esa tarde, cuando ella salió del trabajo, Álvaro la esperaba fuera. Inés se sorprendió al verlo, aunque no dejó que él lo percibiera y decidió no hacerle caso. Continuaba dolida por el comentario que Álvaro había hecho sobre ella.

Sin embargo, cuando se alejó, este la alcanzó, se situó a su lado y caminaron unos segundos juntos, pero en silencio. Hasta que ella lo rompió.

—¿Qué quieres, Álvaro?

—Buena pregunta. —En realidad, él no sabía qué hacía allí, lo había movido el impulso de volver a ver a Inés—. Supongo que debería empezar por disculparme, pero la conversación que oíste estaba sacada de contexto. No me refería a que tú fueras insoportable, hablaba de la situación.

—¿A qué situación te refieres exactamente? —preguntó Inés.

Él decidió que responderle que no podía soportar seguir durmiendo con ella sin besarla y sin hacerle un montón de cosas más no era buena idea, así que salió del paso con una pequeña mentira.

—Yo no estoy igual de acostumbrado que vosotros a persecuciones, a palizas ni a proteger a nadie. Entre eso, el trabajo y teneros a Lola y a ti en casa, me sentí un poco superado.

—Lo entiendo —contestó, aunque no acababa de ser cierto.

—Con eso no quiero decir que ella y tú me molestarais, ¿eh? Me gustaba teneros en el piso. —Estuvo a punto de soltarle que la echaba de menos, pero en el último instante prefirió callarse.

—Pues ahora que te has disculpado y aclarado el malentendido, ya puedes volver tranquilo a tu casa. —El comentario le salió como un reproche, pero no lo era; ella pensaba que Álvaro solo había ido hasta allí para pedirle perdón y esa era su manera de decirle que aceptaba sus disculpas.

—En realidad pensaba invitarte a cenar. Me gustan nuestras charlas y no quiero perderlas. —«Ni tampoco quiero perderte a ti», pensó.

Ella consideró la respuesta unos segundos; no estaba convencida de que fuera buena idea pasar tiempo con Álvaro si lo que pretendía era sacárselo de la cabeza, pero en cuanto lo miró a los ojos cambió de parecer.

—Vale, pero hoy ya he salido a comer fuera y, si no te importa, me gustaría cenar en un vegano.

A él lo que le hubiera gustado saber era con quién había almorzado ese día, pero prefirió callar porque tampoco tenía derecho a hacer según qué preguntas.

—Un vegano me parece perfecto. —Porque le daba igual el sitio, con tal de que fuera con ella.

Álvaro continuó manteniendo las distancias y sin dejar ver cuánto lo atraía Inés, porque seguía creyendo que eso era lo que hacían todos los tíos; pensaba que ofrecerle conversación y su amistad lo acercaría más a ella, por mucho que él se estuviera matando a duchas frías.

Inés pensó que lo único que Álvaro podría ofrecerle era eso, conversaciones inmejorables y su amistad, y, aunque le agradó volver a tenerlo cerca, no pudo evitar que la tristeza la invadiera, porque para una vez que le gustaba de verdad un hombre...

32

¿Quieres subir a mi casa?

Lola

Me resultó extraño volver a mi piso. Menuda tontería, como si hubiera estado años sin pisarlo, pero fue tal la incomodidad que sentí que fui incapaz de conciliar el sueño y, a primera hora del día siguiente, decidí pasarme por el trabajo, sin ni siquiera haber colocado mis cosas en su sitio.

Mi padre me llamó nada más poner el pie en la comisaría. Cuando entré en su despacho y me aseguré de que estábamos solos, hablé.

—Hola, papá.

—Hola, cariño. Tienes mucho mejor aspecto. —Y eso que la noche anterior no había pegado ojo.

—Papá, quería preguntarte algo...

No me dejó acabar.

—Ya sé que quieres interrogar a uno de ellos. —Me conocía tan bien...—. Contaba con eso. —Deseé que se tratara del armario ropero que me había dado la paliza. Sonreí, casi sin querer.

Pero, claro, mi padre nunca dejaría de ser mi padre, por mucho que intentara darme lo que le pedía. Así que, cuando entré en la sala de interrogatorios, con quien me encontré fue con el hombre que se había encaprichado de mí y que era con diferencia el más mayor e inofensivo de todos. Un instante después, recordé que el viejo me había pegado un puñetazo que me partió el labio y una sonrisa ladina asomó a mi boca.

Aunque me pasé más de dos horas encerrada con él, no logré sacarle nada, igual que el resto de mis compañeros con los otros detenidos, pero desde el principio sabíamos que sería difícil. Esos tipos no son, precisamente, de los que cantan a la primera.

Me dirigí a mi mesa con un malhumor tan evidente que pensé que acabaría saliéndome humo de las orejas.

Mientras me acercaba, vi a Nacho apoyado en ella. Me esperaba con un vaso de café en cada mano. Arrugué la boca porque no estaba para tonterías. Y, después de lo que había pensado de mí y de cómo había acabado todo, no entendía qué leches hacía ahí.

Cuando me planté frente a él, erguí mi cuerpo y lo miré con todo el desafío que mis ojos eran capaces de transmitir.

—Agarra el café, tranquilízate, respira y recuerda que se supone que tú y yo estamos juntos. —Me acordé de que eso era lo que le había contado a Aarón la última vez que nos vimos y me pareció que pertenecía a otra vida.

Logré sonreír, pero de una manera tan forzada y falsa que Nacho soltó una carcajada, haciendo que todos los compañeros que había alrededor nos miraran. Comprobé que Aarón no estaba muy lejos de nosotros, pero, antes de poder reaccionar, Nacho agarró mi nuca con cautela, como esperando que yo me rebelara, y me besó con delicadeza en los labios.

Me asombró, porque no era para nada apropiado hacer eso en el trabajo, y tanto Nacho como yo anteponíamos nuestra profesionalidad a todo lo demás. Aunque debía reconocer que apenas había sido un pico y que las personas que no se hallaban a nuestro alrededor ni siquiera se habían percatado. También me chocó que Nacho tomara la iniciativa antes de que Aarón extendiera el rumor, por la comisaría, de que estábamos juntos; o quizá ese rumor ya corría y yo no me había enterado.

El caso es que estuve a punto de soltar el café y darle un beso en condiciones, me moría de ganas de perderme en sus labios y también en su cuerpo, pero logré controlarme porque recordé que seguía muy enfadada con él, aunque ¿desde cuándo yo no era capaz de separar el sexo de todo lo demás?

Nacho se apartó poco a poco de mí, tenía una enorme sonrisa plantada en la cara y se dio la vuelta para dirigirse, silbando, a su mesa. Ese silbido fue el único sonido que se oyó en toda la sala durante casi un minuto.

* * *

Esa misma tarde mi padre nos reunió para explicarnos que los detenidos habían pasado a disposición judicial. También nos contó que las chicas se encontraban a salvo y que, finalmente, serían cinco las que denunciarían. Todos nos exaltamos en cuanto el comisario dio ese dato, ya que era un verdadero éxito si teníamos en cuenta que estaban aterrorizadas y amenazadas.

Salimos más que satisfechos de la reunión y, cuando me dirigía a los vestuarios, alguien cogió mi mano.

—Te acompaño a tu casa. —Nacho pronunció las palabras con prudencia. Me percaté de que un montón de compañeros nos observaban y decidí que, si no quería volverme loca, debía acabar cuanto antes con esa farsa. Podríamos decir en unos pocos días que lo habíamos dejado; total, todos sabían que yo no era mujer de tener relaciones.

Así que me guardé las ganas de soltarme de su agarre y simplemente asentí con la cabeza y continué mi camino.

Al salir del vestuario Nacho ya estaba en la puerta; pasé junto a él sin decir palabra y nos dirigimos a su coche. En cuanto se puso el cinturón, se volvió hacia mí.

—Lola, siento mucho mi comportamiento del otro día. En serio que no era mi intención, pero me sorprendió tanto verte en la habitación de Álvaro, estaba medio dormido y...

—Y creíste que mi intención era acostarme con tu hermano. —Mis palabras destilaban rabia.

—No voy a engañarte, fue un pensamiento irracional y te pido perdón por ello. De verdad que lo siento muchísimo. Lola, no sé...

No lo dejé terminar.

Por un instante se me olvidó que quien estaba sentado a mi lado era algo más que un rollo de una noche y actué del mismo modo en el que siempre lo hacía en esas circunstancias.

—Nacho, ¿quieres subir a mi casa?

No tardó mucho en entender a qué me refería, pero no me contestó. Arrancó el motor y se dirigió hacia mi piso sin emitir palabra alguna. Cuando finalmente llegamos, pensé que me diría que no, y me estaba preparando para ello cuando finalmente habló.

—Lola, no creo que sea buena idea. —Nada más oírlo, abrí la puerta del coche—. He dicho que no es buena idea, pero no he dicho que no vaya a hacerlo. Está claro que a imbécil no me gana nadie.

Cuando subimos a mi casa quien titubeó y tuvo dudas fui yo. Quizá Nacho tenía razón y aquello era una pésima idea. ¿Sería capaz de separar lo que sentía por él del sexo? Siempre lo hacía, pero con Nacho no era lo mismo y yo lo sabía.

Aun así, decidí hacerlo y me metí, yo solita, en un lío del que estaba segura de que iba a costarme salir.

Para mantenerme ocupada, empecé a desnudarme a medida que caminaba hacia mi cuarto. Oí a Nacho resoplar, pero no le hice caso, aunque, cuando fui a bajarme el pantalón, me agarró de la mano.

—Déjalo, ya sabes que me gusta desnudarte —suplicó con voz ronca.

Al llegar a la habitación ya me había arrepentido. No por acostarme con él, sino por lo que sentiría cuando Nacho se fuera.

Pero él no me dejó darle más vueltas. Se acercó a mí, me acarició la cara con suavidad y pronunció mi nombre de una manera que me hizo estremecer. Supe que lo que pasaría esa noche no iba a parecerse en nada a las noches de sexo a las que yo estaba acostumbrada.

No lo fue, porque por primera vez en mi vida hice el amor con un hombre y, cuando me desperté a la mañana siguiente y lo vi dormido a mi lado, sentí un vuelco en el corazón que me hizo comprender lo jodida que estaba.

Fui consciente de que, por muchos muros que alzara, me estaba enamorando como una idiota de Nacho.

33

¿Qué es lo que quieres tú?

Nacho

Tuve claro que acostarme con Lola no era una buena idea, pero, aunque ella no se hubiera percatado, detrás de aquella proposición se escondía mucha más fragilidad de la que jamás me había mostrado. No sé si fue la manera en la que me lo pidió, como si yo fuera uno más, quitándole importancia a lo que había entre nosotros, o quizá el dolor que reflejaron sus ojos cuando creyó que iba a decirle que no, pero pensé que, de alguna manera —aunque para ella siempre había sido la barrera perfecta en la que escudarse—, yo podría utilizar el sexo para todo lo contrario y, en lugar de quedarse escondida, sacaría a la superficie a la verdadera Lola.

* * *

Abrí los ojos con cierto temor, no sabía cómo se levantaría Lola esa mañana. La última vez que nos acostamos se marchó en cuanto terminamos; en esa ocasión, y al estar yo en su casa, era posible que me echara a mí.

Aunque debía reconocer que la noche había sido completamente diferente a nuestro primer encuentro. Sentí infinidad de cosas mientras tenía a Lola entre mis brazos..., cada vez que notaba cómo, al acariciarla, ella se estremecía o cómo se le enturbiaban los ojos cuando estaba a punto de llegar al clímax.

Cuanto más la miraba, más se desbordaban mis sentimientos, y estaba convencido de que para ella había sido igual.

Pero al volverme advertí que tal vez estuviera equivocado, porque Lola no se encontraba en la cama. Me puse los calzoncillos, que localicé en el suelo, y salí al salón, aunque tampoco allí hallé rastro de ella. Finalmente la encontré en la cocina; estaba sentada sobre la encimera —parecía que ella tampoco era de utilizar las sillas—, con una camiseta que le cubría más bien poco y una taza entre las manos.

—Buenos días —saludé y, aunque noté cierta reticencia en su mirada, me acerqué a ella, me coloqué entre sus piernas y la besé con suavidad.

Pude comprobar que su cuerpo se ponía rígido ante mi contacto, y me aparté un poco.

—Creo que tenemos que hablar —susurró, y yo suspiré preparándome para que me mandara a mi casa—. No estoy segura de qué es lo que quieres, pero debo advertirte que nunca he mantenido una relación con nadie y no tengo la menor idea de cómo se hace. Así que ten paciencia conmigo.

Si hubiera sido capaz de reaccionar, la boca se me habría abierto como en esas típicas viñetas de los dibujos en las que llega hasta el suelo.

Ella estaba esperando que le respondiera algo, pero me dejó tan descolocado que no supe qué decir ni qué hacer. Así que, para ganar tiempo, volví a acercarme a ella y la besé, esa vez con más ganas. Cuando el beso se nos empezó a ir de las manos decidí parar y aclarar las cosas, pero ella se me adelantó.

—Aunque, claro, quizá me he precipitado y tu intención no es tener una relación conmigo —añadió algo avergonzada, y yo sonreí. Pobrecita, qué perdida estaba.

—Lola, ¿qué es lo que quieres tú? —Ese era el quid de la cuestión.

—No lo sé. No tengo ni idea —alegó con sinceridad, y me dio hasta pena lo agobiada que parecía.

—Piénsalo —insistí.

—Aún continúo molesta porque pensaras que quería liarme con tu hermano, además de que sigo creyendo que no seré capaz de tener una relación.

—Pues no lo estás planteando demasiado bien —bromeé.

—Es que no soy capaz de hacerlo de otra manera, lo único que puedo decirte es lo que sí quiero.

—Adelante —la animé.

—Quiero acostarme contigo y con nadie más. —Estuve a punto de reír, porque, desde luego, tal y como lo expresó, parecía una completa analfabeta emocional, pero por otro lado sabía que esa era su forma de decirme que quería estar conmigo. Pensé en cómo responderle para no meter la pata.

—Vale, pues eso haremos; quedaremos, saldremos y nos acostaremos. Sin presión, sin prisa y, si necesitas algo más, lo vamos hablando. —Era exactamente lo que hacía cualquier pareja que comenzara a salir, pero, planteándoselo así, esperaba que la idea le sonara más atractiva.

Lola me agarró de los hombros, me acercó a ella y rodeó mi cintura con sus piernas para besarme con un ansia que avivó mi deseo en cuestión de segundos.

—¿Te parece si pasamos directamente a lo de acostarnos? —insinuó con voz ronca mientras separaba sus labios de los míos, lo justo para que la entendiera.

—Justo así fue como empezamos, y sigue pareciéndome una idea estupenda. —Nada más acabar de hablar, volví a besarla.

34

Soy una alumna muy aplicada

Lola

Llevaba toda la semana quedándome a dormir en el piso de Nacho. Pasábamos un montón de horas juntos, tanto en el trabajo como en su casa, y, al contrario de lo que había imaginado, en lugar de resultarme abrumador, me sentía cómoda. Me gustaba.

Esa noche estábamos acabando de hacer la cena; en realidad, él preparaba algo de comer y yo lo miraba mientras me tomaba una cerveza.

—Podrías cocinar tú algún día, ¿no? —sugirió.

—Ya te dije que se me da fatal cocinar —repliqué.

—No creo que hacer unos sándwiches tenga demasiado misterio —me pinchó.

—Pero es que a ti todo te sale fenomenal y me encanta mirarte mientras lo haces. —Puse morritos y Nacho soltó una carcajada.

—Estás aprendiendo demasiado rápido a coquetear, porque, desde la frase que me soltaste y el tono que empleaste la primera vez que nos vimos hasta esta última, pareces otra persona.

—Es que siempre he sido una alumna muy aplicada y aprendo rápido.

Me acerqué a él despacio y rodeé su cuello con mis brazos, acorté la distancia que nos separaba y pasé mi lengua desde la base de la clavícula hasta su oreja. Al llegar ahí, la mordí suavemente.

—¡A la mierda el bocadillo! Cenar está sobrevalorado —declaró Nacho, y me hizo reír a carcajadas mientras me cogía y me llevaba en brazos a su dormitorio.

* * *

Bastante rato después volvimos a la cocina, nos comimos los bocadillos y decidimos poner algo en la tele. Estábamos tumbados en el sofá viendo una película cuando oí que alguien entraba. Sin duda era el hermano de Nacho, ya que solo él tenía llaves.

Álvaro pasaba muchas horas fuera de casa, pero siempre volvía a dormir. Nacho me había comentado que estaba metido en un proyecto de investigación que lo mantenía muy ocupado.

—Hola, ¿qué tal? —nos saludó, y me volví para mirarlo. Parecía cansado.

—Hola —contesté.

—Pues aquí, viendo una peli. No sé si te apetece apuntarte, aunque hace rato que ha empezado —explicó Nacho.

—No te preocupes, estoy molido, me voy a la cama.

—¿Te has acordado de cenar? Porque los dos sabemos

que, cuando te sumerges en el trabajo, te olvidas hasta de comer —indagó Nacho con preocupación.

—He picado algo mientras acababa unas cosas —respondió Álvaro. Me dio la sensación de que eso había sido lo mismo que contestar con un no.

Fue a la cocina a por un vaso de agua y al salir se dirigió hacia su habitación, pero en el último instante pareció pensárselo y se volvió.

—Por cierto, Lola, he llamado a Inés este mediodía para ver si le apetecía tomar un café, pero no me ha cogido el teléfono y, cuando me ha devuelto la llamada, estaba trabajando y no he podido responder. ¿Sabes si está bien?

Me percaté de que en su voz no había ni un ápice de posesión y sí bastante preocupación.

—Sí, está bien. Creo que hoy había quedado para comer con un modelo con el que trabaja de vez en cuando. —Decidí no dar más explicaciones, porque no era yo la persona que debía darlas y porque Álvaro pareció perder algo de color.

—Disfrutad de la peli, me voy a dormir. —Con esa frase dio por zanjado el tema.

—Buenas noches. —Nacho y yo hablamos a la vez.

Cuando Álvaro desapareció por el pasillo y me aseguré de que no me oía, me dirigí a Nacho.

—¿Qué se trae tu hermano entre manos con mi amiga? —inquirí.

—No tengo la menor idea, pero con el tiempo he aprendido a no meterme donde no me llaman, deberías hacer lo mismo. —Su expresión fue un tanto pedante.

—Así que no vas a meterte donde no te llaman, ¿eh? Me lo apunto. —Y puse una cara que esperaba que resultara obscena.

—Subinspectora Jiménez, tiene usted una mente muy sucia.

—No lo sabe usted bien, subinspector Martínez. Pero tendrá que reconocer...

Nacho no me dejó terminar, cogió mi mano y me llevó casi a la carrera a su cuarto. Cuando cerró la puerta me miró con desafío.

—Las cosas no se dicen, se demuestran —me provocó.

—No tienes ni idea de con quién estás hablando —lo amenacé mientras me acercaba a él, y cuando nuestros labios casi se rozaron fui agachándome hasta quedarme de rodillas. Bajé la cremallera del pantalón de Nacho, provocando que este soltara una maldición—. Ni idea —enfaticé con una sonrisa perversa.

35

Venía a verte a tí

Historia de Inés y Álvaro

Cuando Álvaro entró en su habitación supo que debía mover ficha. Era un hecho que alejarse de Inés no había funcionado todo lo bien que él imaginaba y le resultaba imposible dejar de pensar en ella.

Pero no tenía ni idea de qué hacer o cómo hacerlo. Con Inés tuvo claro desde el principio que no debía actuar como lo hacían el resto de los hombres, pero en esos momentos no sabía si estaba haciendo lo correcto o si, por el contrario, la había fastidiado completamente. Porque, aunque para él era imposible dejar de pensar en ella, parecía que para Inés no había sido nadie importante y era capaz de continuar con su vida como si tal cosa.

Por lo que acababa de comentarle Lola, no le extrañaría en absoluto que ella empezara a salir con alguien en las próximas semanas... si no lo estaba haciendo ya. Ese pensamiento se arraigó en su mente; Inés besando, acariciando y haciendo planes de futuro con otro. Y, a pesar de ser consciente de que entre ellos no había nada, no pudo evitar soltar un gruñido de frustración.

Se tumbó en la cama y se lo replanteó todo, porque si de algo estaba seguro era de que la echaba de menos.

* * *

A la mañana siguiente preguntó a Nacho el horario de Inés en la comisaría y ese día, en lugar de llamarla, se plantó en la puerta para invitarla a comer. Pero, justo cuando estaba llegando, lo adelantó un tipo que parecía salido de una revista de moda. Él no pudo evitar mirar su propia vestimenta, que era la que llevaba para trabajar, y por primera vez en su vida se sintió inseguro. ¿En serio pensaba que un tío como él le iba a gustar a una mujer como Inés, que podía estar con el hombre que quisiera?

Sin embargo, no dejó que eso le impidiera verla, porque tenía tantas ganas de oír su voz que, igualmente, la esperó delante de la comisaría.

En cuanto ella apareció, una sonrisa —que estaba seguro de que sería de lo más boba— se plantó en su cara. Joder, hacía unos días que no la veía y casi había olvidado lo preciosa que era. Casi. Pero entonces ella lo distinguió y se quedó parada en mitad de la acera, y él se concentró en mirar esos ojos del color del mar.

No obstante, cuando más concentrado estaba, alguien se interpuso entre ellos. Reconoció al tipo que lo había adelantado y que debía de ser el modelo del que Lola le habló la noche anterior. Álvaro dio media vuelta para irse, pero, justo cuando había dado dos pasos, oyó su voz, que lo llamaba. Cerró los ojos, dibujó una sonrisa en el rostro,

181

que esperaba que pareciera de verdad, y se volvió hacia ella.

Inés se acercaba en su dirección con paso rápido.

—Hola, Álvaro. ¿Has venido a buscar a Nacho? —preguntó ella con curiosidad.

Por unos instantes él se planteó mentir, aunque entendió que eso no lo llevaría a ninguna parte.

—No, en realidad venía a verte a ti, pero ya veo que estás ocupada, así que me voy. —Su voz sonó con más pena que resentimiento.

—Lo siento, si me hubieras avisado..., pero ya había quedado para comer con Fabrizio.

A él le pareció que un tío con esa pinta solo podía ser italiano. Ella se maldijo por haber aceptado la invitación de su amigo.

—Te llamé ayer y no me lo cogiste, no quiero ser pesado —se excusó Álvaro.

—No lo eres; te devolví la llamada, pero tú tampoco contestaste.

—Perdona, estaba trabajando y cuando salí ya era demasiado tarde para telefonearte.

Inés sonrió y él no pudo evitar imitarla. Era tan bonita cuando lo hacía... Su cara se iluminaba y a él se le fueron los ojos a esos labios carnosos que se moría por probar.

Pero entonces llegó el italiano, se puso al lado de Inés y la agarró de la cintura. Álvaro no pudo evitar apartar los ojos de su cara y posarlos en esa mano que le hubiera encantado retirar de ahí. A continuación levantó la vista, observando a los dos durante unos instantes y reconociendo la estupenda pareja que hacían; los dos tan guapos, tan altos, tan elegantes...

—Que vaya bien. —No fue capaz de decir nada más.

—Igualmente, Álvaro —respondió Inés en apenas un susurro.

Cuando se marchó, le dio la sensación de que se alejaba un poquito más de Inés.

Ella habría querido decirle a Fabrizio que no podía comer con él y que se iba con Álvaro, pero, además de parecerle de muy mala educación, unos días atrás se había propuesto alejarse de Álvaro y de todo lo que este le hacía sentir.

36

Esperándola

Nacho

UNAS SEMANAS DESPUÉS

No lograba creerme la manera en la que Lola se había abierto a mí. Pasó de ser una mujer fría y distante a mostrarse cercana e incluso cariñosa. Con eso no quería decir que ella hubiera cambiado; al contrario, esa parte de Lola era más suya de lo que ella misma se imaginaba, pero la había guardado con tantos candados que no dejaba que nadie la viera.

Me fascinaba que hubiera decidido compartirla conmigo. Sin embargo, también debía reconocer que estaba cagado de miedo, ya que empezaba a sentir cosas por ella que no había sentido por nadie y me aterraba volver a dar un paso en falso que hiciera que ella tornara a alzar sus muros.

* * *

Ese día estaba a tope de trabajo, llevaba un buen rato sin poder levantar el culo de la silla. Tenía ganas de escaparme y llevarle un café a cierta morena pequeñita que me estaba volviendo loco.

Solo había podido acercarme a su mesa unos pocos minutos, hacía ya bastante rato, y, francamente, hubiera preferido quedarme sentadito en mi silla.

Ella y Aarón habían arreglado sus diferencias, cosa que me parecía maravillosa porque trabajaban juntos, y si por algo se caracterizaba Lola era por no ser nada rencorosa. Hasta ahí todo bien, pero Aarón me miraba de una forma..., como si estuviera en guardia, como si quisiera retarme, eso sin contar con cómo miraba y tocaba a Lola. Que, a ver, ella era una mujer adulta y podía hacer lo que quisiera, pero en toda la comisaría solo nos dejaba tocarla así a él y a mí. Y, aunque intentaba mostrarme bastante racional, no podía evitar que escociera. Mucho.

Negué con la cabeza, porque ese ataque de celos injustificados no era propio de mí.

Por fin llegó la hora de salir; salté de la silla y recogí un poco mi mesa, pues parecía que había pasado un huracán, y cuando la tuve más o menos decente me acerqué hasta donde estaba Lola. Pero al llegar a su mesa no la vi; pensé que quizá había ido a por un café.

—Si buscas a la subinspectora, está con Aarón —me aclaró uno de los compañeros.

—Muchas gracias.

El puesto de Aarón estaba bastante cerca, así que, cuando casi había llegado, pude ver a Lola sentada encima de la mesa. Tenía la cabeza ligeramente inclinada hacia atrás y reía con ganas. Se me formó un nudo en el estómago y no tuve claro si era por lo mucho que me gustaba ese sonido o por verla tan relajada junto a Aarón, después de lo que este había dicho de ella —por lo que parecía, yo era bastante más rencoroso que Lola—. Fui hacia ellos intentando mostrar indiferencia.

—Hola —saludé.

—Hola, subinspector Martínez —dijo Lola mirándome con lascivia, y es que nos encantaba utilizar esas formalidades, sobre todo en la cama.

—¿Nos vamos? —pregunté dirigiéndome solo a ella.

—Pues aún nos queda un buen rato para terminar, debemos acabar este informe. Si quieres marcharte, luego voy yo —respondió Lola sin mirarme a la cara.

—Esta mañana has venido en mi coche —le recordé.

—No te preocupes, Aarón puede acercarme después a tu casa, ¿verdad? —Se volvió hacia él esperando su confirmación.

—Sí, por supuesto, no hay problema —afirmó Aarón.

No, por supuesto que para él no habría ningún inconveniente.

Quise acercarme a Lola y besarla con posesión, como si fuera un cromañón y ella una propiedad. Menos mal que en el último momento lo pensé mejor y le di un ligero beso en los labios.

—Vale, pues te espero en casa. —Al acabar de hablar me percaté de que no había dicho «en mi casa», había dicho «en casa», y es que empezaba a pensar en Lola como si ya viviera conmigo, y eso, cuando hacía apenas unas semanas que estábamos juntos, resultaba bastante revelador.

* * *

Llevaba más de cuatro horas esperando a Lola. Hacía dos que me había enviado un mensaje de WhatsApp diciéndome que se iba a tomar algo con Aarón. Nada más recibirlo decidí meterme en la cama porque ya era bastante tarde, pero fui incapaz de dormir. No sabía si era porque me había acostumbrado a hacerlo con ella a mi lado o porque me inquietaba que estuviera con él.

Intenté tranquilizarme centrándome en lo mucho que confiaba en Lola, que me había demostrado en muy poco tiempo ser merecedora de esa confianza, pero, por más que me lo propusiera, no acababa de calmarme.

Pasada otra media hora recibí un segundo mensaje de ella; esa vez se trataba de un audio que me hizo reír casi sin querer, porque sabía que había bebido más de la cuenta y se le trababa la lengua al hablar.

Acababa de dejar el móvil en la mesita de noche cuando sonó el timbre. Me dirigí a la puerta sin borrar la sonrisa de mi boca, porque ya sabía que a esas horas solo podía ser ella.

Al abrir, la vi apoyada en el quicio. Ella me miró algo avergonzada.

—Siento molestarte a estas horas. Iba a irme a dormir a mi casa para no despertarte, pero tenía ganas de verte. —Y eso, viniendo de Lola, era lo más parecido a una declaración de amor.

La agarré por los hombros, la atraje hacia mí y la abracé con fuerza.

—Ni se te ocurra disculparte, no te imaginas lo feliz que me hace que, a pesar de la hora que es, hayas decidido venir. —Era verdad, porque, además del alivio que sentí por tenerla entre mis brazos, el nudo que llevaba oprimiéndome toda la noche había desaparecido.

37

Me toca desayunar a mí

Lola

Esa mañana me desperté con una resaca importante, menos mal que trabajaba en el turno de tarde y para esa hora ya estaría mejor.

Me encontraba sola en la cama de Nacho. Me desperecé y decidí quedarme allí unos minutos más.

La noche anterior lo había pasado bien con Aarón —en realidad con él siempre lo pasaba bien—, pero llegó un momento en el que empecé a echar de menos a Nacho, y ese hecho me dejó tan sorprendida que decidí beber más. Hasta que asimilé que ni todo el alcohol del mundo serviría para borrar lo que sentía por él.

Tuve miedo de ese sentimiento, porque desde muy pequeña mi madre nos enseñó a mi hermana y a mí a no depender nunca de un hombre, ni en el plano económico ni en ningún otro sentido. Ella era una mujer muy enamorada de mi padre, pero siempre había sido muy independiente en todos los aspectos. Yo absorbí eso y lo sumé a las palabras que mi padre me dijo de niña y a la forma de ser que me definía desde hacía muchos años, con la que me propuse ser fuerte y no mostrar vulnerabilidad.

Por eso fue un pensamiento que me dejó sumamente desconcertada. ¿Por qué no era capaz de divertirme con Aarón con la despreocupación con la que lo hacía antes? ¿Desde cuándo yo echaba de menos a un hombre? Y, lo más significativo, ¿por qué casi en el mismo momento en el que pisé el bar quise salir de allí e irme a casa con Nacho?

Estaba claro que desde el instante en que me crucé con él todo me había salido al revés.

Pero después de la última copa respiré hondo y pensé en la relación que mantenían mis padres y que siempre había sido mi referente: una relación sana, respetuosa y, sobre todo, llena de amor. Así que dejé a un lado mis temores, obvié la mala cara que puso Aarón y me presenté en casa de Nacho.

La reacción que él mostró al verme solo me confirmó que no me había equivocado y que, quizá, sí era capaz de mantener una relación con un hombre. Aunque también debía reconocer que él me ponía las cosas muy fáciles.

—¿Piensas quedarte en la cama toda la mañana? —En ese momento Nacho entró con una bandeja y la depositó en la mesita de noche. En ella había un café con leche, un cruasán, un vaso de agua y una pastilla.

—Pues no es mala idea y, si sigues cuidándome así, me lo voy a pensar seriamente —ronroneé.

—Me parece maravilloso, siempre y cuando me dejes

compartirla contigo. —Acompañó la frase de una demoledora sonrisa.

—Eso no puedo negártelo, es tu cama, pero además me encanta la idea, así que no seré yo quien te diga que no —confesé, entusiasmada con la propuesta.

—Pues come rápido, que después me toca desayunar a mí.

—¿Tú no has desayunado? —Me faltaba un café. Lo sé.

—Mi desayuno estaba profundamente dormido.

Sonreí y me lo comí todo en un tiempo récord mientras él soltaba una profunda carcajada.

* * *

Ese día Nacho y yo teníamos horarios diferentes, yo iba de tarde y él, de noche, así que me fui pronto de su casa para pasarme por la mía y poder darme una ducha sin interrupciones (porque no recordaba la última vez que me había duchado sola), y para cambiarme de ropa. Tenía bastantes cosas en su piso, pero me gustaba pasar por el mío de vez en cuando.

Cuando entré en casa, Inés estaba sentada en el sofá. Me extrañó porque a ella no le entusiasmaba la televisión, y menos a esas horas.

—Hola, ¿qué haces? —pregunté como si no estuviera viendo con mis propios ojos lo que hacía.

—Pues viendo esta mierda de programa —contestó sin despegar los ojos de la tele.

—Y, si es una mierda, ¿para qué lo ves?

—Para mantenerme ocupada. —Dejó de mirar la pantalla y centró sus ojos en mí—. No puedo creer que esté aquí la que era mi compañera de piso —se burló.

—Sigo siendo tu compañera de piso —afirmé.

—¿Seguro? Porque hace semanas que no duermes aquí. Y, si no fuera porque trabajamos juntas, no te habría visto el pelo en ese tiempo. ¿Algo que contarme?

—Inés, me he enamorado. —Solté el bombazo mientras me dejaba caer en una silla.

—¡¿Quéééééé?! —Inés se levantó de golpe del sofá—. Pero eso no puede ser..., tú no te enamoras..., tú...

—Estás de lo más elocuente, ¿eh? Todo lo que me digas lo sé, aunque no es algo que haya decidido yo; ha pasado y ya está.

—Madre mía, Lola, no puedo creerlo. —Inés daba vueltas, con nerviosismo, por el salón, como si en lugar de haberle dicho que me había enamorado le estuviera pidiendo ayuda para borrar las huellas de un asesinato.

—Pues hazlo. Y ahora, dime: ¿qué tal te va a ti con el hermanito intelectual? —Cambié de tema porque aún me costaba hablar de mis sentimientos.

—No hay nada entre Álvaro y yo, ya lo sabes. Y no cambies de tema, que tengo un montón de preguntas que hacerte.

—Bueno, eso de que no hay nada es cuestionable. Yo creo que los dos le estáis dando más vueltas de lo necesario —contesté yo obviando su último comentario.

—¡Qué va! Él no siente nada por mí, me lo ha dejado más que claro. —Mi amiga se puso muy seria.

—¿Te lo ha dicho? —Alcé una ceja, escéptica.

—No, pero tampoco hace falta; tal y como actúa, no hay posibilidad de confusión.

—Yo no lo veo tan evidente, pero ¿y tú?, ¿sientes algo por él? Ya sé que te gusta mucho, pero ¿es un simple encaprichamiento?

—Me conoces de sobra para saber que no. —Se quedó pensativa unos instantes—. No sé cómo ha pasado, pero Álvaro me gusta de verdad. Aunque no hay duda de que no puedo forzar a nadie a que sienta algo por mí. —Suspiró algo abatida y continuó hablando—. Lo que más me fastidia es que nunca he tenido ningún problema para atraer a los tíos, y para uno que me gusta a mí...

—Yo creo que deberías ser tú quien diera el primer paso —la animé.

—Ya lo he hecho, y te aseguro que Álvaro es inmune a mí. —Inés se sonrojó mientras hablaba.

—Pues vuelve a hacerlo, quizá no fuiste lo suficientemente clara.

—No lo sé. Pero no creo que lo intente otra vez, ya fue bastante vergonzoso la primera.

—¿Por qué? —Conocía a Inés demasiado bien, así que sabía la respuesta. Solo que esperaba que fuera ella quien me la diera.

—Porque, si vuelve a rechazarme, no solo me sentiré fatal como la primera vez; si vuelve a hacerlo, esta vez dolerá. —Nada más acabar de pronunciar esas palabras alzó la cabeza y supe que la conversación había terminado—. Ahora más vale que nos vayamos a trabajar o acabaremos llegando tarde.

Lo único que pretendía Inés era dejar de hablar de Álvaro y de ella, porque aún nos quedaba tiempo, pero decidí no presionarla más e irme a la ducha.

* * *

La jornada laboral transcurrió sin nada interesante que destacar. Hice el cambio de turno y me pasé por la mesa de Nacho para despedirme; me parecería raro no dormir con él después de tantas noches haciéndolo.

—Hola, subinspector Martínez —ronroneé.

—¿Qué tal, subinspectora Jiménez? —susurró con voz ronca.

—Me voy ya a mi piso, he terminado por hoy.

—Qué suerte. —Nacho se levantó, se acercó a mi oído y murmuró—: Voy a echarte de menos cuando regrese a casa: me has acostumbrado demasiado mal y, ahora, cuando no estás, me cuesta conciliar el sueño. —Sus palabras consiguieron que el estómago me revoloteara.

—Yo también voy a echarte de menos —confesé, e instintivamente bajé la cabeza.

Nacho puso su mano en mi barbilla para levantarla.

—No te avergüences de decir lo que sientes. No conmigo —me pidió, y su sonrisa fue tan dulce...

—Lo intentaré —aseguré mirándolo a los ojos.

—Con eso me basta.

—Si te apetece, podría pasarme por tu casa mañana al mediodía y comemos juntos.

—Eso suena maravilloso. Aunque no me levanto con

mucha hambre, si estás tú por ahí, seguro que se me abre el apetito.

Una sonrisa tonta se dibujó en mi boca, pero, antes de que pudiera responderle, sonó su teléfono y me despedí de él con un simple «adiós».

Inés me esperaba en la puerta para irnos juntas a casa. Al salir a la calle me invadió un escalofrío. «Seguramente debido al cambio de temperatura», pensé.

38

¿Y Lola?

Nacho

Trabajar de noche no me gustaba nada, la jornada laboral se me hacía eterna, pero es que, además, odiaba dormir durante el día, nunca conseguía descansar bien. Por eso tuve la sensación de que acababa de conciliar el sueño cuando sonó mi teléfono. Lo descolgué medio atontado, pero me desperté de golpe con las primeras palabras que mi hermano pronunció.

No recuerdo ni cómo me vestí, pero estuve en casa de Lola apenas veinte minutos después.

Mi hermano contactó conmigo mientras iba en el coche, de camino a casa de las chicas. La primera persona a quien avisó Inés fue a Álvaro, por lo que, cuando toqué al timbre, me abrió él.

—He llamado a la ambulancia mientras venía de camino. Tiene una brecha muy fea en la cabeza, y ha perdido bastante sangre —me explicó Álvaro de manera rápida y atropellada.

—¿Y Lola? —pregunté, incluso sabiendo la respuesta.

—No hay rastro de ella.

El frío me invadió y estuvo a punto de dejarme paraliza-do, pero sabía que las primeras horas eran cruciales y de-bía pensar con claridad.

Fui a su cuarto y estuve más de diez minutos buscando la única cosa que podría salvarla; aunque sabía que era muy poco probable que lo llevara con ella, no logré encon-trarlo.

Salí de la habitación de Lola mientras cogía el teléfono y llamaba a la última persona que deseaba oír lo que estaba a punto de decirle, pero también a la única que podía mo-vilizarnos y dar las órdenes pertinentes.

Descolgó al tercer tono.

—José —lo llamé por su nombre de pila sin ser conscien-te de ello—, soy Nacho —recapacité, porque entre la hora que era y presentándome de esa forma, igual el comisario me mandaba a paseo antes de que pudiera explicarle lo que pasaba—; mejor dicho, soy el subinspector Martínez. Lola ha desaparecido de su piso, todo apunta a un secuestro. He buscado su móvil por todas partes, pero no he dado con él. No he querido llamarla, por si acaso. Lola siempre lleva en-cendido el GPS. —Se lo expliqué todo de carrerilla.

—Te veo en la comisaría —ordenó, y colgó el teléfono sin decir nada más.

Yo necesitaba moverme y no pararme a pensar en nada, así que me guardé el teléfono y me puse en marcha.

—Álvaro, me voy a la comisaría. No te muevas del lado de Inés por si necesita algo; si la han dejado aquí, aunque sea en estas condiciones, es porque no les interesaba y no corre peligro, pero de todas formas me quedaré más tranquilo si tú estás con ella —le pedí a mi hermano mientras me dirigía a la puerta.

—No hay problema —me aseguró, pero él apenas me oía; estaba demasiado pendiente de Inés y supe que mi recomendación había sido completamente innecesaria, porque Álvaro no iba a despegarse de ella.

* * *

Cuando llegué a la comisaría, la actividad era frenética y supe que José se había puesto manos a la obra en cuanto lo llamé.

Subí directamente a su despacho y nada más llamar a la puerta me dio paso. Me parecía increíble que hubiera llegado tan rápido.

—Hola, Martínez, te estaba esperando. Como bien has dicho, Lola tiene el GPS conectado, pero no sabemos cuánto tiempo lo mantendrá así ni si van a continuar moviéndose, por lo que nos dispondremos a actuar ya.

Eso era justo lo que necesitaba oír.

—Perfecto.

—Quiero saber si vas a acompañarme o si estás demasiado implicado para realizar bien tu trabajo. —Y que eso me lo preguntara él, que era su padre...—. Ya sé lo que estás pensando —pareció leerme la mente—, pero es mi hija y voy a ir, lo único que quiero saber es si tú quieres venir conmigo.

No tuve ni que planteármelo.

—Por supuesto.

—De acuerdo. Hay un buen puñado de cosas que no me cuadran, pero ya pensaremos en ello cuando Lola esté a salvo.

Solo pude asentir con la cabeza. A mí tampoco me encajaba nada, pero prefería callar y ponerme manos a la obra; mantenerme ocupado era lo único que podría hacer que no me viniera abajo.

Diez minutos después salíamos de la comisaría, con todo el operativo montado. El móvil de Lola no se había movido en la última media hora y, aunque eso era una buena señal, había algo que no acababa de gustarme.

39

El plan

Lola

Me revolví en la cama al oír un fuerte golpe, pero me di la vuelta de nuevo. Los vecinos tenían un perro que a veces se ponía a jugar con la pelota a altas horas de la noche. Estaba otra vez profundamente dormida cuando noté que alguien me zarandeaba. Imaginé que sería Inés y lo primero que hice fue echar un vistazo al reloj: eran las tres de la madrugada. Después giré la cabeza con los ojos medio cerrados, miré a la persona que había frente a mí y un escalofrío me recorrió de arriba abajo.

Mi mente empezó a funcionar como si el asunto no fuera conmigo y no hubiera un tío enorme, al que no conocía, en mi cuarto. Fue como si mi cuerpo no me perteneciera y pensé con más frialdad de la que creía posible, dadas las circunstancias. Recordé a todos mis profesores de defensa, cuando decían que era importante que el pánico no nos controlara; qué fácil era decirlo. Analicé un montón de opciones en apenas unos segundos.

—Levanta de ahí sin armar jaleo —me ordenó.

El hombre hablaba con un fuerte acento ruso y me estaba apuntando con una pistola, así que no tuve muchas más alternativas. Llevaba rato pensando en Inés, que dormía en el cuarto que había al lado del mío. Esperaba que estuviera bien y que el tipo no se hubiera dado cuenta de que ella estaba allí. Un estremecimiento se apoderó de mí cuando recordé el estruendo que había oído antes de que aquel sujeto entrara en mi habitación.

La única solución que encontré fue alejarlo de nuestra casa para que dejara en paz a Inés —en esos momentos era incapaz de barajar la posibilidad de que a ella le hubiera pasado algo—, y solo se me ocurrió una manera: haciendo lo que él me decía. Tampoco tenía muchas más opciones, ya que me apuntaba con un arma directamente a la cabeza.

Sabía que, si salía de allí con él, estaba jodida; lo único que podría salvarme era que, de puro cansancio, me había ido a dormir vestida y llevaba el móvil en el bolsillo trasero del pantalón, oculto bajo la sudadera. Si no se percataba de que estaba allí, quizá tuviera una oportunidad y mis compañeros pudieran encontrarme a través del GPS que tenía activado.

A pesar de que el hombre no había despegado el arma de mi cuerpo, intenté mantener la serenidad y la esperanza mientras bajaba por el ascensor, pero, cuando el ruso me metió en un vehículo, donde había otro tío, comencé a pensar que ojalá llegaran a tiempo.

El que hasta ese momento había ido de copiloto salió del coche y se sentó a mi lado, me vendó los ojos y me ató las manos. Jamás me había sentido tan indefensa como en esos instantes. Casi no tuve tiempo de acomodarme en el asiento cuando el tipo que estaba a mi lado me agarró del cuello, poniéndolo entre mis rodillas, y un fuerte golpe en la cabeza me dejó inconsciente.

* * *

Me estaba costando mucho despejarme. Tardé unos segundos en recordar que me habían secuestrado y que no tenía la menor idea de dónde me encontraba. Por lo menos me habían quitado la venda de los ojos, aunque mis manos continuaban atadas.

La cabeza me dolía muchísimo, pero debía moverme e intentar averiguar dónde me hallaba. Lo primero que hice fue palparme la parte trasera del pantalón, y pude comprobar que mi móvil continuaba estando ahí. Empecé a sospechar que los tíos que me habían raptado eran los más imbéciles de la banda. Pero aún no debía arriesgarme a llamar a nadie; podrían oírme y tampoco era capaz de explicar dónde estaba, porque no tenía la menor idea.

Lo primero que hice fue echar un vistazo a la habitación sin levantarme del suelo. Cuando acabé de mirar a mi alrededor, el miedo me invadió, pues ese cuarto se parecía demasiado a aquel en el que estuve la otra vez, cuando el ruso me molió a palos..., aunque las habitaciones de los clubs eran todas muy parecidas.

Un plan empezó a fraguarse en mi mente en apenas unos segundos; solo podía pensar en salir de allí y no se me ocurrió nada mejor. Además, el tiempo jugaba en mi contra y debía darme prisa, no podía quedarme esperando a mis compañeros, no estaba segura de que estos llegaran a tiempo.

Tenía las manos atadas con lo que deducía que era una especie de brida. Aunque no la veía porque me las habían amarrado a la espalda, el dolor cortante que sentí al intentar liberarme me hizo entender que debía de ser algo parecido a eso.

Inspeccioné la habitación; había una cama, una silla, una mesita de noche con una lámpara encima y nada más, ni siquiera una ventana pequeña. Me concentré en observarla con más atención y un instante más tarde lo vi, allí estaba mi billete de salida.

Me levanté y me acerqué a la silla, la arrastré, intentando no hacer ruido, y la coloqué justo debajo de un tornillo que sobresalía de la pared. Me subí en la silla y fui pasando la brida por el tornillo, con la esperanza de que fuera lo suficientemente afilado como para cortarla.

Tardé más de lo que creía, pero al final conseguí liberarme de mis ataduras, aunque la sangre corría por mis manos, ya que el tornillo no cortaba como yo pensaba y tuve que hacer bastante fuerza. Cuando me miré las manos, comprobé que me había hecho un buen destrozo, pero me quité la sudadera que llevaba puesta y me limpié con ella.

Me despojé del resto de la ropa y di gracias al cielo por que me gustara la ropa interior sexy. Me solté y alboroté el pelo y noté que en la parte de atrás tenía algo apelmazado, debía de ser la sangre seca por el golpe que me habían dado en la cabeza. Con una de las horquillas que me quité (volví a agradecer lo adecuado que había sido quedarme dormida esa noche tal cual había llegado del trabajo) me dirigí a la puerta. No me costó demasiado abrirla. Cuando lo hice, solo me quedaba rezarle a algún dios para que mi plan saliera bien.

40

No creo que seas la persona adecuada

Historia de Inés y Álvaro

Álvaro sintió una especie de *déjà vu* cuando tuvo que volver a hacerse cargo de Inés, pero esa vez estaba mucho más asustado. Había un enorme charco de sangre junto a ella debido al fuerte golpe que le habían dado en la cabeza y que la había dejado inconsciente durante unas cuantas horas.

En el momento en que llegó la ambulancia y se la llevó, el primer pensamiento de él fue acompañarla, pero recapacitó y decidió ir detrás de ella, con su coche, para traerla de vuelta cuando le dieran el alta.

* * *

A Inés le dijeron que debía pasar la noche en observación y acababan de dejarla recostada en la cama. Le aseguraron que ya no le harían más pruebas y que por fin le permitirían descansar. Pero, en cuanto cerró los ojos, oyó gritos en el pasillo y se sorprendió al darse cuenta de que una de esas voces pertenecía a Álvaro, que discutía con la enfermera porque esta le impedía entrar a verla.

Cuando se abrió la puerta y lo vio aparecer, no pudo evitar sonreír; al final se había salido con la suya.

Él la miró con una mezcla de preocupación y ternura que hizo a Inés removerse en la cama, no por incomodidad, sino por todo lo que le hacía sentir tan solo con una mirada. Él se sentó en la silla que había junto a su cama sin pronunciar palabra.

—¿Qué haces aquí, Álvaro? —murmuró.

—La enfermera me ha amenazado con que, si hablo o me muevo mucho, me echa, así que no pienso volver a abrir la boca.

—¿Vas a quedarte hasta que me den el alta? —quiso saber ella.

—Sí —contestó Álvaro en apenas un susurro.

Inés tenía un montón de preguntas que hacerle, pero estaba tan agotada que los ojos se le cerraban solos.

Álvaro permaneció toda la noche junto a ella, la observó mientras dormía y se mantuvo alerta por si necesitaba algo.

* * *

Por la mañana, Inés pareció levantarse más repuesta y el médico, al ver los resultados de las pruebas y comprobar que todo estaba bien, decidió darle el alta.

—Te dejo marchar si me prometes que harás reposo y que, si te sientes indispuesta de cualquier manera o notas un mareo, por leve que este sea, vendrás enseguida.

—Se lo prometo, doctor —respondió Álvaro por ella.

—Me quedo mucho más tranquilo si sé que estará acompañada.

—No se preocupe, no pienso separarme de ella.

Inés puso los ojos en blanco porque estaban tratándola como a una niña, pero en el fondo le enterneció que Álvaro se preocupara así por ella.

En cuanto el doctor abandonó la habitación, Inés hizo el intento de levantarse, pero, aunque había logrado dormir unas pocas horas, se sentía exhausta. Necesitaba preguntarle a Álvaro por Lola, llevaba pensando en ella toda la mañana, pero le daba pavor conocer la respuesta.

Álvaro se acercó hasta la cama y la ayudó a incorporarse.

—Debería ducharme, tengo todo el pelo cubierto de sangre seca, aunque no estoy segura de poder hacerlo sola. Pero tengo muchas ganas de marcharme y prefiero hacerlo en casa. —Inés se sonrojó.

—Yo te echaré una mano —le propuso Álvaro.

—Estoy segura de que voy a necesitar ayuda, aunque no creo que seas la persona más adecuada para cuidarme.

—No digas tonterías, Inés. Yo te lavaré el pelo, ya te he visto desnuda y te aseguro que en estos instantes, y tal y como estás, no pienso en otra cosa que no sea en tu recuperación.

Inés sabía que estaba siendo un perfecto caballero, pero empezaba a estar hasta las narices de que Álvaro se comportara siempre así con ella.

* * *

Ya subidos en el coche, Inés hizo la pregunta que llevaba atormentándola desde hacía horas.

—Álvaro, ¿y Lola? —Ella se tensó nada más hablar.

—Anoche se la llevaron; he intentado contactar con mi hermano durante la mañana, pero no he obtenido respuesta, no puedo decirte nada más.

Inés se sumió en un profundo silencio y Álvaro no quiso interrumpirlo. Llegaron a casa sin intercambiar palabra.

Ella se acomodó en el sofá, cerrando los ojos un momento. No sabía si era por la angustia, por el golpe o por haber dormido solo unas horas, pero se sentía tan cansada...

—Voy a llenarte la bañera. —Álvaro se dirigió al baño y abrió el grifo del agua caliente mientras ponía el tapón.

Inés se levantó poco a poco del sofá y lo siguió despacio. Al llegar al cuarto de baño empezó a desnudarse. Cuando entró en el agua todo su cuerpo se relajó.

Álvaro la bañó de manera mecánica, sin mirar y sin detenerse en ningún lugar. Pero, entre lo íntima que le parecía la situación y que llevaban un montón de tiempo en silencio, empezó a incomodarse, por lo que dijo lo primero que se le pasó por la cabeza.

—Perdona si el pelo no te ha quedado demasiado bien, es la primera vez que lo hago —se excusó.

—¿Nunca te has lavado el pelo? —bromeó ella.

—Estás muy graciosa.

—La verdad es que estoy exhausta.

A Álvaro no le hizo falta nada más para sacarla de la bañera. La secó con cuidado, pero con rapidez.

—Puedo hacerlo yo sola.

—No digas tonterías, te molesta agachar la cabeza y a mí no me cuesta nada.

Álvaro no pudo ver el mohín de disgusto que ponía Inés. Ella pensó que, definitivamente, Álvaro era inmune a sus encantos.

Cuando Inés se puso el pijama, él la acompañó a su habitación y la ayudó a tumbarse en su cama. Ella estaba tan agotada que cuando habló ya estaba medio dormida.

—Álvaro, avísame si hay noticias de Lola, por favor.

—No te preocupes, tú descansa.

Al cerrar la puerta, Álvaro suspiró. Esperaría a que estuviera mejor para hablar con ella, ya no aguantaba más esa situación, necesitaba confesarle lo que sentía. Por mucho que siguiera pensando que Inés no necesitaba a otro tío colgado de ella, no podía hacer otra cosa, era eso o perderla, y desde luego la segunda opción ni siquiera se la planteaba.

41

No lo comprendo

Nacho

La tensión y los nervios se respiraban en cada rincón del coche. José iba concentrado mirando al frente, sin apartar la vista del aparato que controlaba el GPS de Lola. Yo no podía dejar de pensar que hacía ya demasiado tiempo que no se movía.

—Hay una cosa que no comprendo. No hay duda de que ha sido la mafia rusa; por mucho que hayamos cogido a unos cuantos, ya sabemos cómo funciona esto. —El comisario pareció pensar en voz alta. Y, aunque nadie le contestó, continuó hablando—. Pero no tiene sentido que se arriesguen tanto, matando primero a una policía y, más tarde, hiriendo a otra y secuestrando a una tercera. No consigo entender el motivo.

—Yo también le he dado un montón de vueltas a eso y tampoco acabo de comprenderlo —aclaré, y es que desde el asesinato de Peláez no pensaba en otra cosa.

—Seguramente no la han secuestrado para prostituirla —comentó Samuel.

Estaba claro que para prostituirla no la querían, a esa

conclusión habíamos llegado todos. Ellos sabían que Lola era policía, incluso conocían en qué comisaría trabajaba, por lo que no tenía ningún sentido asociar el secuestro con la prostitución. Sin embargo, era incapaz de deducir el motivo por el que la tenían retenida.

—También he barajado esa opción, incluso he pensado que podría ser por dinero, pero, si quisieran un rescate, ya se habrían puesto en contacto con nosotros. No tiene ningún sentido que secuestren a una subinspectora. Cuantas más vueltas le doy, menos lo entiendo —respondió el comisario, que parecía realmente angustiado.

En cuanto José acabó de pronunciar esas palabras, el coche se paró y todos nos pusimos en guardia.

Era el comisario quien dirigía el operativo y, por lo tanto, el que se hizo cargo del orden en el que íbamos a entrar en el pub. Debíamos actuar rápido o podrían hacerle daño a Lola, porque, si ella continuaba estando dentro, era imposible que la sacaran de allí, ya que teníamos controladas todas las salidas.

En cuanto uno de mis compañeros abrió la puerta del club, nos precipitamos al interior. Dejamos a todo el equipo abajo mientras el comisario y yo nos dirigíamos a la planta de arriba, que era donde el GPS marcaba que se encontraba Lola.

Apenas tardamos unos pocos minutos en llegar, pero a mí se me hicieron eternos y José parecía estar a punto de sufrir un infarto..., aunque debía reconocer que, a pesar de la edad que tenía, se mantenía en plena forma.

Al llegar a la puerta, la hallamos entornada. José fue el

primero en entrar y solo me hizo falta ver su cara para saber que Lola no se encontraba allí.

El comisario se volvió hacia mí a cámara lenta y yo supe que estaba a punto de romperse.

—Nacho, mi niña no está. —Parecía aturdido, pero es que yo no estaba mucho mejor. Le puse la mano en el hombro, la apreté para infundirle un ánimo que yo estaba muy lejos de sentir y decidí que movernos era la mejor opción.

Entré en la habitación y me acerqué hasta el móvil de Lola, que estaba tirado en el suelo, encima de un montón de trapos, y justo en el instante en que me agaché a cogerlo me di cuenta de que ese puñado de telas eran en realidad su ropa. La recogí y vi que estaba manchada de sangre. Tragué saliva, pero el nudo que se había formado en mi garganta no aflojó.

Volví a dejar la ropa donde estaba, no creía que fuera buena idea que la viera el comisario, pero me llevé su teléfono por si nos servía para algo. Me levanté como si estuviera flotando, como si todo aquello no fuera real. Mientras caminaba hasta donde estaba el comisario, oí una vibración. Instintivamente miré el móvil de Lola, pero el sonido no procedía de ahí. Recordé que tenía el mío en uno de los bolsillos; nunca me lo llevaba a ningún operativo, pero esa vez lo cogí por si Lola me llamaba. Sin embargo, el mío tampoco era y la vibración terminó, para volver a sonar dos segundos después.

—Comisario, creo que es su móvil —le informé.

—¿Perdón? —José aún no había reaccionado.

—Le está vibrando el móvil, quizá sea importante. —Él sacó el teléfono con una lentitud que me puso de los nervios y tuve que contenerme para no arrancárselo de las manos. Miró la pantalla unos instantes y después dijo:

—Es mi mujer. —Parecía sorprendido—. Clara nunca me llama en horas de trabajo.

—Igual debería cogerlo.

42

Correr

Lola

En el pasillo solo funcionaba una bombilla, lo que me daba la oscuridad que necesitaba para pasar más desapercibida. No sabía si ir a la izquierda o a la derecha, así que decidí dirigirme hacia donde había menos luz, a pesar de que mis piernas se resistían, pidiéndome que no me metiera allí, porque, si el pasillo ya era lúgubre, en la negra sombra aún lo parecía más. Finalmente hice caso a mi instinto y me encaminé hacia la oscuridad.

Había puertas a cada lado del pasillo, de las que salían sonidos que dejaban muy claro lo que estaban haciendo tras ellas.

De pronto, oí que se abría una de esas puertas; de esta salió un hombre acabándose de colocar una camisa. Bajé la cabeza de manera automática y me cubrí el rostro con el pelo; sin embargo, pude notar que él ralentizaba sus gestos para observarme. Pensé que todo había terminado, que me harían volver a la habitación y en esa ocasión no me dejarían sin vigilancia.

—¡Ve adonde tengas que ir y vuelve al trabajo! —gritó el tipo en ruso.

No contesté, aceleré el paso y suspiré aliviada al ver que él se marchaba hacia el otro extremo del pasillo. Desde luego mi plan había resultado ser un acierto, porque, al desnudarme y salir solo con mi conjunto de ropa interior, podía pasar por una prostituta más.

Bajé unas escaleras sin saber hacia dónde me llevaban, hasta que casi choqué con una mujer que salía de una de las estancias y, antes de que la puerta se cerrara, pude ver que no se trataba de una habitación, sino de un baño.

La chica llevaba la cabeza gacha y ni siquiera me miró. En cuanto se fue, me colé dentro y analicé todas las opciones que tenía. Rápidamente reparé en una pequeña ventana que había en la parte superior y me sorprendió que no tuviera rejas. Esas chicas estaban tan asustadas que no se les pasaba por la cabeza escapar, por lo que ellos no necesitaban tomar ningún tipo de precaución.

La ventana era estrecha y nunca me había alegrado tanto de ser pequeñita. Puse un pie en el lavamanos y me impulsé para agarrarme a ella. Hice fuerza con todo mi cuerpo para llegar hasta arriba y, justo cuando ya tenía medio cuerpo fuera, oí jaleo en el pasillo. Supuse que me habían descubierto, así que me dejé caer hacia fuera y me golpeé el hombro, con dureza, contra el suelo.

Solo tenía esa oportunidad para escapar, debía darme prisa. Me había dejado el móvil en la habitación, porque el tío del pasillo, o cualquier otro con el que me hubiera podido cruzar, se habría dado cuenta y me habrían descubierto. Lo último que llevarían esas chicas encima sería un teléfono, y con un simple sujetador y unas minúsculas bragas no tenía dónde esconderlo. Sin embargo, en ese momento lo echaba de menos porque era noche cerrada y no veía nada; la linterna me hubiera venido fenomenal.

Cogí aire y corrí todo lo rápido que pude. Los pies me dolían horrores porque iba descalza y el pub estaba a las afueras, rodeado de bosque, y me estaba clavando un montón de cosas en las plantas. Eso sin contar con que iba prácticamente desnuda y hacía muchísimo frío.

No llevaba ni doscientos metros cuando tropecé con algo y me caí. El dolor que sentí en las rodillas casi consiguió arrancarme un gemido, pero logré reprimirlo. Me levanté como pude y continué corriendo.

Dejé de pensar en el dolor que sentía en las rodillas y el que me causaba cada pisada, y me centré en localizar la carretera principal. Tardé un poco en verla, pero finalmente distinguí las luces de los coches y, aunque creía que no sería posible, corrí a más velocidad. Hacía rato que oía voces detrás de mí y estaba segura de que los rusos venían pisándome los talones.

Llegué a la carretera casi sin aliento, pero en ese momento, y aunque pareciera mentira, llegaba la parte más difícil. A ver qué coche paraba a una mujer desnuda, exhausta, y con las rodillas y los pies destrozados...

Me puse casi en mitad de la calzada y alcé los brazos. Los primeros tres vehículos me pitaron y esquivaron, con otro tuve que apartarme yo porque estuvo a punto de atropellarme. Oía las voces cada vez más cerca y estaba empezando a desesperarme, pero, contra todo pronóstico, el quinto coche se detuvo. Me acerqué cojeando para mirar dentro y aún me sorprendí más al ver a una pareja bastante joven; para que luego dijeran que la juventud estaba perdida.

Abrí la puerta de atrás y me tumbé en el asiento para que no pudieran verme desde fuera. Estaba agotada y aterida de frío.

—Arranca, por favor —supliqué. Me hicieron caso.

Acababan de poner el motor en marcha cuando la chica se volvió hacia mí, no quería ni imaginar el aspecto que presentaba en esos momentos.

—Toma, ponte esto por encima, ahora subimos la calefacción. ¿A dónde te llevamos?

Me cubrí con el abrigo que ella me dio y les pedí que me llevaran al hospital más cercano; no me hizo falta darles indicaciones.

Cuando llevábamos un rato el chico paró el coche y bajó a buscar algo en el maletero, yo ni siquiera levanté la cabeza. Abrió la puerta y me levantó las piernas para ponerme lo que parecía una manta o una toalla bajo los pies.

—Estás sangrando bastante —dijo a modo de disculpa. Yo no tenía fuerzas ni para contestarle.

Lo que quedaba de trayecto ellos no me preguntaron nada y yo no hablé. Me preocupó el estado en el que me hallaba, era algo así como estar inconsciente sin acabar de estarlo.

* * *

Al llegar al hospital, la chica insistió en acompañarme a Urgencias y yo no me negué, no estaba segura de poder hacerlo sola. Ella se puso el abrigo que me había dejado y el chico que conducía me dejó el suyo. Di gracias mentalmente, porque era bastante grande y me cubría casi hasta las rodillas.

Al llegar a la recepción del hospital fue ella la que habló. Le explicó a la enfermera cómo y dónde me habían encontrado. Pero la mujer que había detrás del mostrador se dirigió a mí.

—¿Me dice cómo se llama?

—Me llamo Lola Jiménez, soy subinspectora de policía y estaba infiltrada en un caso —les expliqué, y la enfermera anotó mis datos. Me estaba entrando mucho sueño, lo único que deseaba era descansar, pero, antes de que este me venciera, recordé que no tenía el móvil encima y que no había dado el número de nadie para que avisaran de que me encontraba allí. No tenía ni idea de dónde estarían mi padre y Nacho, aunque estaba segura de que buscándome, así que preferí dar el número de mi madre, que sería más fácil de localizar.

—¿Podéis avisar a mi madre, por favor? —Mi voz sonó tan débil que las dos mujeres se volvieron hacia mí.

—Claro, danos su número.

La enfermera cogió el bolígrafo, y después de ver como lo escribía, caí en un profundo sueño.

43

¿Qué tienes con mi hija?

Nacho

Cuando José descolgó el móvil, el único sonido que pronunció fue algo así como un asentimiento mezclado con un suspiro, y colgó sin pronunciar una sola palabra coherente. Pero al levantar la cabeza y mirarme, sonrió, y ese gesto me descolocó por completo.

—Era mi mujer, va hacia el hospital. Lola ha llegado allí hace apenas diez minutos. Le han asegurado que está fuera de peligro. —Tras decir esas palabras los dos dejamos salir el aire que llevábamos horas conteniendo—. Siempre he creído que mi hija es una mujer fuerte y valiente, pero, joder, escaparse de la mafia rusa es otro puto nivel. —Muy pocas veces había oído al comisario pronunciar un taco. Estaba eufórico—. Pues andando, Martínez —enfatizó, dando una palmada en el aire y con una resplandeciente sonrisa en la cara, como si, en lugar de estar en medio de un operativo, estuviéramos de copas en un bar. Pero lo entendía perfectamente—. Nos vamos al hospital y de paso, por el camino, vas a contarme cuáles son tus intenciones con mi niña.

Estaba tan contento y tranquilo que ni siquiera las últimas palabras del comisario consiguieron inquietarme. Si quería conocer mis intenciones con su hija, no tenía ningún problema en explicárselas, aunque luego Lola me matara.

* * *

Al bajar a la planta inferior me quedé bastante sorprendido, porque Aarón se desplazaba de un sitio a otro inmovilizando a los rusos y dando órdenes a unos y otros como si él fuera el jefe de la operación. Lo más impresionante era que lo tenía todo completamente controlado.

José dio unas cuantas órdenes y, cuando lo dejó todo más o menos listo —lo poco que Aarón le permitió—, salimos lo más rápido que pudimos de allí. En menos de veinte minutos estábamos camino del hospital.

—Bien, ¿qué tienes con mi hija, Martínez? —me preguntó el comisario clavando la vista en mí.

—Pues podría decirle que somos pareja, pero no sé si Lola lo ve de igual manera que yo —le anuncié sin mirarlo a la cara, porque me había tocado conducir a mí.

—¿Y cuándo tienes pensado preguntárselo? —soltó José con indignación.

—Sí, eso estaría bien, la verdad. —Verbalicé ese pensamiento.

Él resopló exasperado.

—Lola es mi hija mayor y puede parecer muy dura, pero no lo es tanto; solo te pido, o más bien te advierto, que no le hagas daño, o te arrancaré las pelotas. Porque, aunque ella piense que soy tonto y que no me entero de nada, sé muy bien el rollo que se trae con Aarón. Sin embargo, lo que tiene contigo es diferente, y precisamente esa diferencia es la que te da la llave para hacerle daño.

—Le aseguro que no es mi intención dañar a Lola, comisario. —Lo decía en serio, pero es que José se había puesto tan ceñudo que me estaba acojonando.

—Tranquilo, muchacho. Te creo, al menos por ahora. —Se calló unos instantes y yo supe que lo hacía para mantener la tensión y dar más importancia a las palabras que iba a pronunciar a continuación—. Eso sin contar con que trabajamos en la misma comisaría y que soy tu jefe. —La mirada que el comisario me echó me dio a entender lo jodido que podría llegar a estar. Aunque tenía claro que no sería el caso.

—Como ya le he dicho, no es probable que yo le haga daño a Lola. —Preferí callarme el hecho de que había más posibilidades de que ella me lo hiciera a mí.

* * *

Al llegar al hospital, el comisario llamó a su mujer para saber dónde se encontraban exactamente, pues en la llamada anterior estaba tan nervioso que se le pasó hacerle esa pregunta. Clara salió a buscarnos a la puerta y, por la cara que traía, vi apropiado retroceder dos pasos.

—Cuando lleguemos a casa, tú y yo hablaremos seriamente del motivo por el cual no me has dicho ni una palabra de que la mafia rusa había secuestrado a la niña.

Desde luego no me gustaría estar en el pellejo del comisario. Ella parecía muy enfadada.

—Cuando lleguemos a casa hablaremos de lo que tú quieras, pero ¿dónde está la niña?

Que se refirieran a Lola con ese apelativo empezaba a ponerme los pelos de punta.

Clara dio media vuelta sin pronunciar palabra y nos llevó hasta una puerta cerrada.

—Acaban de darle algo para el dolor, solo podemos pasar de dos en dos —nos explicó la madre de Lola—. Pasad vosotros, yo ya la he visto. Voy a por un café, ¿queréis algo?

Los dos negamos con la cabeza, creo que teníamos demasiadas ansias por ver a Lola.

José entró primero y yo me quedé en la puerta sin decir palabra. Se acercó despacio hasta la cama y se fundió en un abrazo con su hija. Mientras se abrazaban yo entré en la sala, pero me mantuve alejado, dejándoles un poco de intimidad, hasta que ella me miró y me hizo un gesto para que me acercara. Le di un suave beso en los labios que me supo a poco, porque estaba tan feliz de que estuviera bien que de lo único que tenía ganas era de gritar y de besarla.

—No podías esperar a que yo llegara y te salvara, ¿verdad? —bromeé.

—Ya sabes que soy de las que se salvan solas —susurró Lola con una sonrisa en los labios.

—Ya, pero, joder, si llegas a aguantar un poquito más, hubiera quedado como un puto héroe. —Lola sonrió ante mi broma. Sin embargo, oí al comisario resoplar detrás de mí.

Clara entró muy resuelta en la habitación y alternó la mirada entre su marido y yo.

—Vamos, todo el mundo fuera de aquí, Lola necesita descansar —ordenó.

Ninguno de los dos tuvimos valor para abrir la boca y salimos de allí sin decir ni pío. Yo me volví y miré a Lola mientras una sonrisa se dibujaba en mi cara. Teníamos mucho de lo que hablar, pero ella debía recuperarse y la conversación podía esperar al día siguiente.

44

¿Dónde quedo yo?

Lola

En cuanto mi padre y Nacho salieron por la puerta, mi madre se sentó en la silla que había junto a mi cama.

—¿Cómo te encuentras? —me preguntó, mucho más relajada que cuando había llegado.

—La verdad es que he estado mejor, pero también peor, así que no puedo quejarme.

—En realidad sí que puedes, y también llorar de miedo por lo que has pasado, o de alegría por lo que has evitado.

—Ya sabes que no soy de las que lloran —dije haciendo una mueca de disgusto con los labios.

—Lo sé, y precisamente eso es lo que me preocupa. En algún momento no supe transmitirte lo que de verdad era mi intención. Has logrado burlar la vigilancia a la que te tenían sometida y escapar de una habitación donde te habían encerrado, y haciéndote pasar por prostituta has conseguido salir del pub. Después has corrido medio desnuda a través del campo, de noche, a una temperatura muy baja, destrozándote los pies y al borde de una hipotermia. Has logrado que una pareja parara su coche y te acercara al hospital. Creo que puedes permitirte el lujo de expresar algún tipo de emoción.

—Soy policía, hay cosas que no puedo permitirme.

—¡Oh, no me fastidies, hija! Tu padre es comisario y llora con las películas de Navidad.

—Pero papá es un flojo, todas lo sabemos. —Sonreí al recordar cómo mi padre se emocionaba con ese tipo de películas.

—Papá es el más cuerdo de nuestra familia. Hija, yo quería que fueras una mujer fuerte, capaz de enfrentarse a la vida, pero no pretendía que levantaras tantos muros. Yo sé, porque soy tu madre, que debajo de todo eso eres una mujer sensible y que crees que esconder esa sensibilidad te hace menos vulnerable, pero no es así.

—Mamá, me enseñaste a ser fuerte, a no depender de nadie, y nunca quisiste que mostrara mi fragilidad.

—Yo no pretendía eso, mi niña. Yo quería que fueras fuerte, sí, pero nunca pretendí que dejaras de lado ninguna parte de ti, y menos tu sensibilidad. Cariño, bastante jodida es la vida de por sí para que no quieras vivir ciertas cosas por si sales herida. Tú no eres yo, y tampoco tus circunstancias son las mías.

—Lo sé, mamá, pero no he podido evitar que fueras el espejo en el que siempre me he mirado. Joder, eres la directora de una gran empresa, empezaste desde cero, no te hizo falta nada ni nadie y...

—A ti tampoco te ha hecho falta nunca nada ni nadie para ascender —me cortó mi madre, y esas eran unas palabras que nunca le había oído pronunciar.

—Pero papá es el comisario...

—Y tú la subinspectora. No creas ni por un segundo que estás donde estás gracias a tu padre; eso te lo has trabajado tú solita, y lo sabes.

—Lo sé. Pero es que Sonia es tan dulce y compasiva, y vosotros tan fuertes... ¿Dónde quedo yo?

—Tú eres tú, cariño, no tienes que parecerte ni ser diferente a ninguno de nosotros. Tienes mi fortaleza y la sensibilidad de papá, la cabezonería de la abuela, pero, por encima de eso, tienes tu propio carácter, que es un poco de mezcla y un mucho de ti. —Me quedé un momento en silencio, digiriendo todo lo que mi madre acababa de decirme—. Sin embargo, hay una cosa que me preocupa. —La sonrisa que cruzó los labios de mi madre me hizo entender que iba a cambiar de tema.

—Tú dirás... —la insté con cautela.

—Que no hayas tenido nunca una relación de más de tres días no es algo que me tranquilice demasiado.

—Puede que eso esté cambiando, mamá. He conocido a alguien —le confesé.

—Cariño, soy tu madre y te conozco mejor que nadie; ya sé que entre Nacho y tú ha surgido algo. —Me miró con intensidad a los ojos—. Lo único que quiero es que seas feliz, y soy consciente de que no lo conseguirás hasta que no te muestres tal cual eres, sin muros, sin máscaras. Solo tú.

—Creo que estoy progresando adecuadamente, mamá —contesté con una sonrisa.

—No sabes lo que me alegra oír eso.

Se acercó a mí y se sentó en la cama, separó los brazos

y yo me sumergí en ellos. No se trataba de que no abrazara a mi madre con frecuencia, sino de que lo hacía casi de manera mecánica. Sin embargo, esa vez me dejé llevar y, cuando quise darme cuenta, me sorprendió un sonido. Tardé unos instantes en asimilar que procedía de mí y que era un sollozo. Debía reconocer que había pasado miedo, más que miedo, pánico, y también que mi madre tenía razón: llorar era liberador. Así que durante un rato indefinido lloré por mí, por lo que podría haber pasado y porque al final había conseguido escapar.

45

El deseo que percibió en sus ojos

Historia de Inés y Álvaro

Inés se despertó con un fuerte dolor de cabeza, por lo que decidió levantarse poco a poco deseando que no apareciera ningún mareo; no tenía ganas de volver al hospital. Cuando comprobó que no estaba mareada, fue a tomarse una de las pastillas que el médico le había recetado.

Al llegar a la cocina vio a Álvaro rodeado de un montón de cacharros.

—Buenos días —dijo ella aclarándose la garganta.

—Buenos días. Tenía pensado prepararte el desayuno, aunque me temo que se me han quemado las tostadas. Pero siéntate, que te pongo un café y preparo más.

—No te preocupes —contestó ella tomando asiento y con una sonrisa boba en la cara—, venía a por una pastilla, me duele bastante la cabeza.

—Entonces tendrás que desayunar sí o sí. No puedes tomarte esa medicación tan fuerte sin nada en el estómago.

Justo cuando Álvaro le estaba sirviendo el café, sonó el móvil de este. Salió de la cocina a cogerlo, dejando a Inés muy inquieta, pues aún no sabía nada de Lola y podían ser malas noticias. Se levantó de la silla, incapaz de permanecer más rato sentada, y cuando se disponía a salir casi chocó con Álvaro, que entraba.

—Era mi hermano. Me llamó de madrugada para decirme que Lola estaba fuera de peligro, pero no quise despertarte. Necesitabas descansar y aún estás convaleciente. Lola sigue en el hospital, pero se encuentra bien. —Habló con rapidez para que ella no se preocupara más de lo necesario.

Pocos segundos después de asimilar la información, Inés se abalanzó sobre él, olvidando por completo su dolor de cabeza y más feliz de lo que recordaba haber estado en mucho tiempo.

Álvaro la agarró con fuerza, pegándola a él y notando que cada centímetro de su cuerpo se tensaba. Demasiado tiempo conteniéndose, demasiadas ganas acumuladas... Antes de ser consciente de lo que hacía, subió su mano por la espalda de Inés hasta llegar a su nuca, la acarició y esta levantó poco a poco el rostro, que tenía hundido en el hombro de Álvaro.

Cuando ella lo miró a la cara, no se acababa de creer lo que veía. No comprendía todo el deseo que percibía en los ojos de Álvaro.

Él no fue capaz de contenerse más y, presionando con suavidad la nuca de Inés con la mano que la agarraba, acercó los labios de esta hasta su boca.

Se besaron con ganas y con ansia. Álvaro buscó un punto de apoyo y acabó sentando a Inés en la encimera. Separaron sus bocas un instante y, al mirarse a los ojos, reanudaron el beso con más apetito... si eso era posible. Porque ninguno de los dos esperaba encontrar tal grado de deseo en los ojos del otro.

Prácticamente se arrancaron la ropa y cuando estuvieron completamente desnudos ninguno podía creer que, por fin, fuera a pasar.

Álvaro no recordaba haber estado tan excitado en su vida y le daba miedo hacer el ridículo ante Inés. Ella estaba asombrada por la atracción y el apetito que veía en los ojos de él; pensaba que, después de ignorarla como lo había hecho durante ese tiempo, no sentía ningún tipo de interés por ella.

Álvaro puso una mano en el pecho de Inés y la otra en su cabeza, haciendo que esta se recostara en el mármol. Lo hizo con mucha suavidad, evitando que la herida que había en la parte alta de su cabeza tocara la superficie.

Ella soltó un gemido al notar lo helado que estaba el mármol... aunque él no le dejó tiempo a que se enfriara y, cuando posó su boca en uno de sus pechos, a ella ya se le había olvidado el frío.

Él continuó besando su cuerpo. Ella sintió que el tiempo se dilataba y no supo si lograría aguantar durante mucho más esa dulce tortura.

Cuando Álvaro puso su boca entre las piernas de Inés, apenas le hizo falta un par de roces para que ella explotara. Él la miró con una sonrisa traviesa en los labios y ella supo que era la visión más erótica que había contemplado en su vida.

No despegaron los ojos el uno del otro mientras él se introducía con suavidad en ella. Un suspiro salió casi a la vez de los labios de ambos.

El ritmo cambió en cuestión de segundos y todo se volvió mucho más intenso.

Cuando los dos alcanzaron el clímax permanecieron recostados, respirando con dificultad. Hasta que Álvaro la cogió en brazos y la llevó a su habitación. Tenía claro que eso no había hecho más que empezar. No estaba seguro de si alguna vez tendría suficiente de Inés.

Pasaron el resto del día en la cama.

46

La verdad

Lola

U<small>NA SEMANA DESPUÉS</small>

Apenas me quedaban algunos cortes en los pies, casi curados, un leve dolor en el hombro y costras en las rodillas y, aunque aún no estaba al cien por cien, me encontraba casi recuperada.

Durante ese tiempo apenas salí de casa de Nacho y el único contacto que tuve fueron las llamadas diarias de mi madre y algunas que mantuve con Inés, en las que no pude borrar la sonrisa de mi cara al pensar que, después de todo, ella estaba bien.

También me contó que Álvaro y ella por fin habían dejado de marear la perdiz. ¡Ya era hora! Me alegré muchísimo, porque se notaba que estaba muy feliz.

No me había incorporado todavía al trabajo, pero ese día me escapé a la comisaría porque quería estar presente en el interrogatorio que iban a llevar a cabo mis compañeros.

Me habían prohibido entrar en la sala, por lo que me iba

a tocar verlo a través del cristal. Al principio protesté, pero, al darme cuenta de que no pensaban ceder, desistí.

Nada más poner un pie allí percibí la tensión que se palpaba en el ambiente, había demasiado silencio.

Había llegado con tiempo para poder hacer un café antes del interrogatorio, así que me fui directa a la máquina. Nada más dar el primer sorbo, me arrepentí de no habérmelo tomado en el bar; el café de la comisaría no era, precisamente, el mejor del mundo.

Estuve un rato hablando con algunos compañeros, que se pararon a preguntarme por mi estado. Pasados unos minutos me dirigí hacia la mesa de Nacho, ya que este sería el encargado de llevar a cabo el interrogatorio.

—Hola, preciosa, ¿qué tal estás?

—Teniendo en cuenta que nos hemos visto hace apenas tres horas, pues igual que entonces.

—Tienes razón —me contestó guiñándome un ojo, pero lo noté un tanto ausente, como si buscara a alguien.

—Hola. Estoy aquí —le dije haciendo aspavientos con la mano con la que no sujetaba el café.

—Perdona, es que tengo que irme ya a la sala de interrogatorios y no encuentro a Pereira. —Echó un último vistazo alrededor y continuó hablando—. Mira, es igual, acabo de ver a Ruiz, voy a decirle que me acompañe él.

Nacho fue a buscar a Aarón y yo me escapé un momento al baño. Al volver ya estaban los dos esperándome para ir los tres juntos.

Hicimos el recorrido sin intercambiar palabra y ellos

entraron en la sala despidiéndose de mí con un simple gesto.

Me tensé cuando vi al que se suponía que era el jefe de la mafia. Entró sonriendo y se paró frente a Aarón, repasándolo con la mirada más tiempo del necesario.

Nacho le ordenó que se sentara y empezó con el interrogatorio. Como era de esperar, el detenido no soltó prenda. Lo que me sorprendió fue que continuara observando a Aarón con un amago de sonrisa en la cara.

Cuando, bastante rato después, el acusado por fin abrió la boca, hubiera preferido que la mantuviera cerrada.

—Si quieres saber algo del motivo por el que secuestramos a esa zorra, pregúntale a este —dijo señalando con la cabeza a Aarón.

Nacho miró a Aarón y luego al ruso con el desconcierto reflejado en el rostro.

—No tengo ni idea de lo que quieres decir —contestó hastiado.

—Yo creo que sí lo has entendido. Este llevaba un montón de tiempo colaborando con nosotros, pero de pronto se negó a seguir, así que no nos quedó otra que presionarlo un poco. Pensamos que él y aquella putita estaban juntos, y decidimos chantajearlo con eso, pero por lo visto nos equivocamos. —Torció el gesto al acabar la frase, parecía que no estaban acostumbrados a fallar.

No quise pararme a pensar que por culpa de ese error podría haber muerto.

También sabía que lo de Peláez había sido otra metedura de pata, pero eso no iba a reconocerlo porque se estaría inculpando de un asesinato.

Cuando el ruso acabó de soltar esas palabras, todo pareció detenerse. Yo posé mis ojos en Aarón, que parpadeó, y lo que más me sorprendió fue que no había sorpresa en su mirada, simplemente resignación.

Después, un movimiento me hizo desviar la vista. Cuando Nacho se dio la vuelta hacia Aarón y posó sus ojos en él, me recorrió un escalofrío, nunca lo había visto mirar a nadie así.

—¡Hijo de puta! —gritó Nacho.

Vi como echaba el brazo hacia atrás y como lo estampaba en la mandíbula de Aarón, para acto seguido abalanzarse sobre él, provocando que los dos cayeran al suelo.

Quise moverme, quise entrar para separarlos, pero antes de dar el primer paso ya había tres agentes dentro de la sala.

Necesitaron de toda su fuerza para conseguir que Nacho dejara de golpear a Aarón. Lo que más llamó mi atención fue que este no trató de defenderse en ningún momento. Solo se cubrió el rostro con las manos para amortiguar los puñetazos de Nacho, pero no le devolvió ni uno.

Un cuarto agente entró en la sala para llevarse al detenido, que no paró de reír hasta que el sonido de sus carcajadas se perdió por el pasillo. Alguien debió de avisar a mi padre, porque entró en la sala, pocos instantes después, hecho una furia.

—¡Agente Ruiz, a mi despacho inmediatamente! ¡Subinspector Martínez, puede irse a su casa, por hoy ya ha hecho suficiente! —bramó con una autoridad que dejó claro quién mandaba allí.

Nacho se dispuso a protestar, pero, al ver el rostro de mi padre, optó por callar.

47

La otra verdad

Lola

Acompañé a Nacho a su mesa, pero, lejos de recoger sus cosas y marcharse con rapidez, se puso a ordenar los papeles que había esparcidos sobre ella. Comprendí que estaba intentando ganar tiempo para saber qué pasaba con Aarón. Se lo agradecí, porque yo también quería enterarme de lo que sería de él.

Ningún policía le teníamos demasiado cariño a un agente corrupto, y menos cuando, por su culpa, una compañera había muerto, había puesto en peligro seriamente la vida de otra y había mandado a una tercera al hospital con una brecha en la cabeza.

Me dejé caer en la silla de Nacho y me cubrí el rostro con las manos, aún estaba en shock. No podía creerme que Aarón hubiera estado pasando información a la mafia y que él fuera el responsable de que me hubieran secuestrado. Creía conocerlo bien; aparte de acostarnos, habíamos salido infinidad de veces a tomar algo y habíamos trabajado juntos desde que él llegó a la comisaría. ¡Joder! Pensaba que éramos amigos. Toda esa situación me parecía surrealista.

—Ey, ¿estás bien? —Nacho se agachó frente a mí.

—Daba por hecho que lo conocía bien, ¿sabes? Jamás imaginé que fuera capaz de esto.

—De eso se trataba, de que nadie sospechara que él estuviera metido en el ajo. —Se calló un instante mientras acariciaba mi pelo—. Lo que más me jode es que por su culpa casi te matan. —La frialdad que destilaba la voz de Nacho hizo que se me erizara la piel.

—Es que no puedo creerlo —insistí.

—Anda, vámonos a casa, ya nos enteraremos mañana de lo que hacen con él.

Nacho me sujetó con suavidad del brazo y me ayudó a levantarme de la silla. Era consciente de que me movía por inercia.

Estábamos a punto de salir cuando la voz de mi padre tronó por encima del sonido de decenas de voces.

—Subinspectores Martínez y Jiménez, a mi despacho.

Nacho y yo nos miramos con la duda plantada en la cara. Era extraño que mi padre nos hiciera subir, habiendo ordenado expresamente a Nacho que se marchara.

Cuando entramos en el despacho, Aarón se hallaba cómodamente sentado en una de las sillas. Me fijé en él y, a pesar de todo, torcí el gesto. Nacho lo había golpeado con fuerza y ya empezaban a salirle los primeros hematomas, aparte de que le había partido el labio y tenía sangre seca por toda la boca.

Lo que no percibí fue ni un atisbo de culpa; su mirada destilaba algo de arrepentimiento, pero su sonrisa la tiraba por tierra.

—Sentaos. —Pocas veces había oído la voz de mi padre sonar con tanta dureza—. Aarón se va mañana de esta comisaría, pero antes ha pedido hablar con vosotros dos.

—Conmigo no tiene nada que hablar, no... —Nacho apretó la mandíbula al decirlo, estaba totalmente rígido.

—¡Martínez, cállate! —vociferó mi progenitor.

Aarón nos miró a Nacho y a mí y su sonrisa se ensanchó. Noté que Nacho aún se cabreaba más si cabía.

—Solo os puedo dar la versión resumida, pero, cuando acabe con la explicación, desearía hablar con Lola a solas. —Aarón me miró como buscando mi aprobación y a mí no se me ocurrió otra cosa que asentir. Nada más hacerlo, oí el bufido de Nacho.

—No sé qué es lo que tienes que hablar con ella. —Nacho escupió las palabras.

—Nacho, entiendo tu resentimiento, pero si hablo o no con Aarón es algo que decidiré yo —aclaré. No quería echar más leña al fuego, pero tampoco iba a permitir que tomaran decisiones por mí.

—¿Podéis hacer el favor de dejar los asuntos personales fuera de este despacho y escuchar lo que el agente Ruiz tiene que explicaros? —Mi padre parecía estar de un humor pésimo.

Antes de que la cosa se empezara a poner más fea, intervino Aarón.

—Pertenezco a una unidad encargada de atrapar a este tipo de mafias y llevo infiltrado en esta comisaría desde que llegué. —Tuve que hacer un esfuerzo para mantener la boca cerrada—. Hace un par de años que vamos detrás de esta banda en concreto y creímos que sería mucho más sencillo acercarnos a ella si les pasábamos cierta información, previamente seleccionada. Dicha información debía salir de dentro, por ese motivo decidieron que me haría pasar por un policía corrupto.

»Lo que no esperábamos, en ningún caso, era que una agente apareciera muerta, hirieran a otra y secuestraran a una tercera. —Aarón ya no sonreía y, cuando me miró, pude ver el arrepentimiento y la pena en sus ojos—. Pero con todo lo que hemos conseguido reunir tenemos más que suficiente para encerrarlos una buena temporada. Por eso mi trabajo aquí ha concluido.

Yo alternaba la mirada entre Aarón y mi padre con la boca abierta. Debía de tener un aspecto algo cómico, pero es que iba de sorpresa en sorpresa. Todavía no había asimilado que Aarón era un policía corrupto cuando me entero de que en realidad era un agente infiltrado.

—Entonces, tú y yo... —Aarón no me dejó terminar de hablar.

—Luego hablamos, Lola, cuando salgamos de aquí. —Me guiñó un ojo.

A mí se me acumulaban las preguntas, pero entendí que ese no era el mejor sitio para que él las contestara. Lo que hice fue volverme hacia mi padre y preguntarle algo, aunque ya conocía la respuesta.

—Tú lo sabías, ¿verdad? —le dije.

—Sí, pero, si queríamos que la operación fuera un éxito, no podía contárselo a nadie. Ya sabes cómo funciona esto. —Su tono de voz era bajo.

Mi padre posó los ojos en mí y en su mirada vi también arrepentimiento. Le sonreí para que comprendiera que no estaba enfadada y que entendía perfectamente su posición. Pero de pronto me acordé de algo que nada tenía que ver con nosotros dos, aunque, antes de pronunciar palabra, él se me adelantó.

—Como sé que vas a preguntarlo, debo informarte que todas las chicas que sacamos del club están a salvo.

Esa era justo la pregunta que quería hacer. Me conocía muy bien.

—¿Todas? —Quise asegurarme.

—Alguna está en el hospital recuperándose, pero fuera de peligro.

Después de oír eso, Nacho y yo nos quedamos callados, supongo que asimilando toda la información que acababan de darnos. Parecía que no seríamos capaces de hablar más, así que fue Aarón quien rompió el silencio.

—Os he abreviado mucho la información y el trabajo que hay detrás, pero lo que quería era que supierais la verdad —concluyó, mirándome solo a mí.

Yo en lo único que podía pensar era en con quién cojones me había estado acostando.

48

Es complicado

Lola

Nacho se despidió de Aarón de una manera bastante fría, y es que, a pesar de las explicaciones que este le había dado, parecía continuar molesto. Cuando dio media vuelta para salir, me encaminé detrás de él, pero Aarón me agarró suavemente del brazo.

—¿Vamos a tomar algo y hablamos? —Había cierta súplica en su voz.

No me había dado tiempo a responderle cuando Nacho intervino.

—Te espero en casa.

Me volví para mirar a Aarón y este me brindó su mejor sonrisa de niño bueno; no pude evitar devolvérsela.

Una media hora más tarde, Aarón y yo estábamos sentados en el bar al que solíamos ir. No habíamos hablado de nada durante el camino; me daba la sensación de que, en lugar de tener delante al amigo y al hombre con el que me había acostado un buen puñado de veces, tenía a un completo desconocido.

—Lola, sé que es complicado, pero...

—No estarás casado y con hijos, ¿verdad? —Esa idea acababa de irrumpir en mi mente.

—Tres hijos, para ser exactos. —Puse los ojos como platos—. Es broma, es broma, lo siento. No, no estoy casado, ni tengo hijos ni pareja. Quiero que sepas que no te he utilizado para nada y que me he acostado contigo porque me ha apetecido, no quiero que te montes películas raras.

—No me negarás que es de lo más conveniente acostarse con la hija del comisario —dije con tirantez.

—Sí, francamente suena útil, pero no soy un puñetero espía. Tienes que entender que lo último que quería era involucrarme de forma personal con nadie de la comisaría; lo más fácil hubiera sido pasar desapercibido, hablar con todos y no tener una relación estrecha con nadie.

—Nuestro acuerdo le venía como anillo al dedo a eso —lo pinché.

—Sí, la verdad es que no mantener ningún tipo de relación más allá del sexo era ideal; sin embargo, si me hubiera liado con cualquier otra tía, la cosa no se habría complicado tanto —afirmó con seriedad.

—¿Tú no sabías lo que iba a pasar?

—No, claro que no. Intenté persuadir al comisario para que no fueras tú una de las infiltradas; aún no lo sabía seguro, pero me daba miedo que ellos te relacionaran conmigo de alguna forma. No obstante, me resultó imposible hacerlo cambiar de idea.

—Mi padre me conoce bien, y sabe que eso nos hubiera llevado a una enorme discusión —aseguré.

—En realidad no fue por eso por lo que no cedió. No lo

hizo porque creyó que tú eras la más preparada para ese operativo, y ahí no pude llevarle la contraria.

Mi cara debió de mostrar mi sorpresa. Me hinchió de orgullo que los dos creyeran eso de mí. Nos quedamos callados unos instantes, y de pronto recordé algo.

—Ahora que lo pienso, si no querías nada serio conmigo, cuando me propusiste que me quedara a dormir contigo o cuando me pediste que no me fuera a la casa de los padres de Nacho... —Al ver su cara, supe que había dado en el clavo—. Lo hiciste para tenerme controlada.

—Más bien para tenerte protegida. La noche que te pedí que te quedaras a dormir fue cuando me enteré de que tú serías una de las agentes infiltradas y cuando les dije que no colaboraría más con ellos. Lo siento. Pero ahora necesito que me escuches: Lola, eres una mujer estupenda y, si yo no hubiera estado tan sumergido en mi trabajo...

—Vamos, Aarón, no hace falta que me dores la píldora con que soy una tía fantástica, eso ya lo sé, y no me jodas ahora diciéndome que te hubieras enamorado de mí, los dos hemos tenido muy claro desde el principio lo que era lo nuestro.

—Sí, tienes razón, pero lo que quiero que entiendas es que yo sabía que estaría aquí un tiempo limitado y no podía permitirme enamorarme de nadie. Sin embargo, el sexo contigo ha sido maravilloso, quiero que lo sepas. —Puso cara de golfo y yo sonreí—. Y perdona por el comentario que hice al resto de los compañeros sobre cómo eras en la cama; al estar siempre juntos, no acababa de encajar en el equipo y vi en esa gilipollez la manera de hacerlo. Lo último que quería era que me pillaran, necesitaba que me consideraran uno de ellos, y ya sabes cómo son...

—Sí, ya sé. —Nos miramos con intensidad, después le di un trago a la cerveza que tenía frente a mí y le hice la pregunta que rondaba por mi cabeza desde que me había enterado—. Entonces, ¿te marchas mañana?

—Sí. Ya tenemos un buen puñado de pruebas para incriminarlos. Mi trabajo aquí ha finalizado.

—Te voy a echar de menos. Ya sabes que Inés y tú sois los únicos amigos que tengo dentro de la comisaría —le confesé sin mirarlo a la cara.

—Lo sé, pero ahora también está Nacho. Aunque sé que vuestra relación es diferente, podrás apoyarte en él.

—¿Desde cuándo necesito apoyo? Lo que me hace falta es un amigo con el que emborracharme y acostarme después —bromeé.

—Creo que Nacho estará más que dispuesto a cubrir esas necesidades tuyas, por lo menos la segunda parte. —Me contagié de la enorme sonrisa que Aarón extendió por su boca.

—Me da la sensación de que hará mucho más que eso —le contesté guiñándole un ojo.

—No puedo creer que al final hayas caído en las garras de una relación —dijo sonriendo—. Me alegro mucho por ti, te lo mereces. —Volví a mirarlo a los ojos y le hice un gesto con la cabeza para darle las gracias—. Con respecto al resto de los compañeros, deberías ser la primera en creerte que estás donde estás por méritos propios.

—Eso ya lo sé —afirmé con rotundidad.

—No, no es verdad. Haces ver que lo sabes, pero en el fondo no te lo crees, y te aseguro una cosa: he visto a pocos policías trabajar tanto y tan duro como lo haces tú. Así que deja de pensar que estás ahí por ser «la hija de...» y empieza a asimilar todo lo que vales.

Estuvimos bastante más rato hablando y riendo sobre anécdotas que nos habían pasado. Los dos estiramos la conversación todo lo que pudimos porque no queríamos llegar al momento difícil. Pero, cuando la charla no dio para más, nos despedimos sin grandes promesas. No hablamos de mantener el contacto, ambos sabíamos que la distancia haría que nuestra amistad se enfriara.

* * *

Decidí volver caminando a casa de Nacho y así continuar dándole vueltas a la idea que acababa de despertarse en mí.

Repasé todo lo que Aarón me había dicho y fui consciente de que sus palabras habían dado en el clavo. Creerme lo que valía era una de las inseguridades que siempre me perseguían y con las que luchaba constantemente. Y fue justo en ese instante cuando tomé una decisión; algo que rondaba por mi cabeza desde hacía tiempo y que no me atrevía a hacer, precisamente por inseguridad o miedo.

49

¿Hay sitio para mí?

Nacho

Lo primero que hice al llegar a casa fue quitarme la ropa y meterme en la ducha. Había sido un día intenso; primero había creído que Aarón era un puto chivato para más tarde enterarme de que lo que en realidad pasaba era que estaba infiltrado. Suspiré hondo.

Desde que llegué a mi nuevo puesto no había tenido ni un minuto de descanso y necesitaba que las cosas se tranquilizaran. Siempre supe que el trabajo de policía era duro, pero los acontecimientos de esas últimas semanas me habían superado. Sobre todo, el secuestro de Lola; la angustia que viví durante esas horas me tuvo exhausto durante días.

Dejé que el agua caliente me relajara y pensé en otras cosas. Llevaba días dándole vueltas a la idea de proponerle a Lola que viviéramos juntos, puesto que prácticamente ya lo hacíamos: ella pasaba casi todo el tiempo en mi casa y apenas pisaba la suya. Sin embargo, aunque casi no veíamos a mi hermano, prefería que viviéramos los dos solos. Pero, con tantas sorpresas y tanto follón, no había encontrado el momento adecuado para pedírselo.

Además, debía reconocer que me daba cierto miedo formularle la pregunta. Lola no se parecía en nada a la mujer con la que me acosté el primer día, era increíble el cambio que había dado. Pero todavía tenía ciertas reticencias y, dependiendo de lo que le mencionara, continuaba alzando ciertos muros; no tan altos como antes, pero seguían estando ahí.

Oí un ruido que me hizo apartar todos esos pensamientos. La puerta del baño se abrió y Lola asomó la cabeza.

—¿Hay sitio para mí? —planteó burlona.

—Siempre hay sitio para ti.

Se fue quitando la ropa poco a poco y torcí el gesto al ver que aún conservaba algún cardenal en las piernas, del día que escapó.

Al volver al club, había comprobado a la luz del día el terreno por el que huyó Lola. Me pareció mentira que hubiese logrado escapar, pues era realmente escabroso y estaba lleno de rocas. Resultaba normal que se hubiera destrozado los pies, lo que no entendía era cómo había sido capaz de llegar a la carretera.

Cuando ella posó sus ojos en los míos dejé de darle vueltas al asunto. Había tanta hambre en ellos que tuve que tragar saliva.

* * *

Habíamos acabado en la cama y estábamos exhaustos. Acariciaba el pelo de Lola con languidez cuando decidí preguntarle algo que rondaba por mi mente desde hacía horas.

—¿Qué tal con Ruiz?

—Bien, mañana se irá de la comisaría —contestó en apenas un murmullo.

—No es esa la respuesta que esperaba, lo que en realidad me interesa saber es cómo llevas tú su marcha.

—Supongo que bien, no me queda otra, aunque lo echaré de menos. Aarón se había convertido en un amigo y en la comisaría tengo escasez de eso.

—No creo que te cueste entablar una amistad con nadie, lo que pasa es que deberías hacer caer las barreras que alzas en el trabajo. Aunque, claro, te agradecería que no fuera el mismo tipo de amistad que mantenías con Aarón —bromeé.

—Ese tipo de carencias ya las cubres tú.

—Vaya, muchas gracias —masculué.

—Siento no expresarme correctamente, será por la falta de costumbre. Lo que quiero decir es que te has convertido en alguien muy importante en mi vida —susurró Lola sin mirarme a la cara, y fui consciente de lo difícil que debía de ser para ella pronunciar esas palabras.

—Ahora que sale el tema, quería preguntarte...

Pero no me dio tiempo a formularle la cuestión, porque unos golpes en la puerta de nuestra habitación nos sobresaltaron.

—¿Estáis visibles? —La voz de Álvaro nos llegó a través de la puerta cerrada.

—Un momento —dijimos Lola y yo casi a la vez.

Nos pusimos lo primero que encontramos y lo hicimos pasar. Me sorprendió que detrás de él también apareciera Inés.

—Pero vosotros salís de aquí para comer de vez en cuando, ¿verdad? —se mofó mi hermano, y antes de que pudiéramos contestarle continuó—: Os esperamos en el comedor, queremos hablar con vosotros.

Cuando la puerta se cerró, Lola y yo nos miramos con la interrogación plantada en la cara, pero nos dirigimos hacia allí sin intercambiar palabra.

Álvaro me había dejado muy intrigado.

50

No quiero que esto se acabe

Historia de Inés y Álvaro

Habían pasado las últimas semanas sin salir demasiado de la habitación. Inés estaba de baja y Álvaro había pedido unos días que le debían. Les dio tiempo a hablar de todo, incluso hicieron un buen puñado de planes de futuro.

Álvaro le explicó lo mucho que se contuvo durante el tiempo que pasaron juntos y lo atraído que se sentía por ella, y no solo por su físico, sino también por la inteligencia y sensibilidad que Inés demostraba.

Ella le comentó lo insegura que le hicieron sentir los continuos rechazos que recibió de él. Y lo mucho que Álvaro la había atraído desde el primer momento que lo vio, y que esa atracción no hizo más que crecer a medida que lo iba conociendo mejor.

Y así pasaron los días, entre explicaciones y risas, entre besos y caricias...

* * *

Cuando, por fin, se sentaron en la cocina a comer algo, ninguno de los dos fue capaz de ocultar su sonrisa.

—No quiero que esto se acabe —susurró Inés.

—No tiene por qué acabar —contestó el.

—¿Piensas tenerme secuestrada aquí el resto de mi vida?

—No me tientes. —La sonrisa perversa que asomó a los labios de él consiguió calentar a Inés—. Lo que quiero decir es que podríamos salir juntos.

—¿Es esta una proposición decente? —bromeó ella.

—En realidad, me gustaría que lo fuera, pero mis pensamientos van por otro camino.

Inés se levantó de la silla, se acercó despacio a él y se le subió a horcajadas.

—Con la pinta de niño bueno que tienes, y resulta que tu mente es de lo más sucia.

—No voy a negártelo.

Álvaro recorrió la distancia que lo separaba de sus labios y la besó con ganas, como si hiciera días en lugar de minutos que no lo hacía.

Inés se apartó de él, lo justo para poder hablar.

—¿No quieres oír mi contestación? —Lo incitó mientras balanceaba sus caderas de manera sugerente.

—En realidad, ya la sé.

—Además de calenturiento, eres bastante presuntuoso.

—Y, como sigas moviéndote así, terminaré secuestrándote y sin dejarte salir de la cama en días.

—¿Piensas amordazarme? —preguntó ella sin dejar de menearse.

—No va a hacer falta.

Álvaro le impidió que continuara hablando y, después de otro beso abrasador, se la volvió a llevar a la habitación.

Mucho rato después, se quedaron tumbados en la cama. Estaban agotados, pero los dos sentían una ilusión desbordante, no podían dejar de tocarse ni borrar la sonrisa de la cara.

Horas más tarde decidieron, por fin, salir del dormitorio. Habían perdido por completo la noción del tiempo y no sabían ni la hora que era. Pero Álvaro le comentó a Inés que le haría ilusión hablar con Nacho y explicarle que eran pareja. A ella le pareció estupendo, porque, aunque ya le había contado a Lola que se estaba acostando con el hermano de Nacho, no era lo mismo que presentarse como pareja; le daba la sensación de que de esa manera todo era más real, más serio.

51

Cuñadas

Lola

Unos meses después

Todo ocurrió tan rápido que apenas fui consciente de los cambios que mi vida había experimentado en las últimas semanas.

Después de que Inés y Álvaro vinieran a hablar con nosotros de su relación, él empezó a pasar la mayor parte del tiempo en nuestra casa.

Por mi parte, había invadido poco a poco el piso de Nacho con mis cosas, hasta que decidimos, entre los cuatro, que era una tontería andar con bártulos de un sitio a otro.

* * *

Justo ese día estábamos acabando la mudanza o, lo que era lo mismo, terminando de llevar a casa de Nacho las escasas pertenencias que aún no tenía allí. Estaba sentada en la cocina del que en ese momento ya era el piso de Inés y Álvaro. Mi amiga había ocupado el asiento que se hallaba frente a mí. Las dos tomábamos un café tranquilamente. Ese era mi último viaje para trasladar cosas a mi nueva casa y abandonar el que hasta ese momento había sido mi hogar —oficialmente, porque hacía meses que no aparecía por él—. Inés rompió el silencio.

—Me parece mentira que al final hayamos terminado con dos hermanos, ¿eh, cuñada? —Las dos sonreímos.

—Y vaya hermanos. —Reí entre dientes.

—Toda la razón. Aunque Álvaro se ha hecho de rogar.

—Bueno, eso es porque tú no estabas acostumbrada, pero no negarás que te ha encantado el juego.

—Me ha gustado porque al final ha acabado bien, que si no...

—Pues sí, menos mal que Alvarito reaccionó a tiempo. —Inés resopló ante mis palabras—. Que sepas que te entiendo perfectamente, porque, de la manera en la que empecé con Nacho, tampoco las tenía todas conmigo —bromeé.

—No, desde luego que no. Por ese mismo motivo me sorprende tanto que te vayas a vivir con él, no por el hecho en sí, sino por todo lo que has cambiado en unos meses. Tú, que eras la mujer de hielo y que solo querías a los hombres para una cosa... —alegó mi amiga levantando las cejas.

—Supongo que no es que haya cambiado, sino que era una parte de mí que tenía guardada y que mostraba muy pocas veces —aclaré, y decidí centrar el tema en ella—. Pero es que yo tampoco tenía ni idea de esa vena tuya tan intelectual, y menos aún que uno de tus sueños fuera ser historiadora de arte; pensaba que te gustaba ser policía.

—Y me gusta, pero, después de la tensión vivida en el último caso, me di cuenta de que eso no era para mí. Aún me queda un largo camino por recorrer, tengo que acabar la carrera y encontrar trabajo de eso, pero ya he dado el primer paso y estoy muy contenta.

—Sí, y tendrás que reconocer que no hay nada mejor que tener a un profesor buenorro para ayudarte.

—Eso también, aunque nunca logramos terminar una explicación.

—¿Y eso? —No me los imaginaba discutiendo por una lección de historia.

—Porque las manos van al pan, amiga mía.

Me reí ante el comentario de Inés.

—Estaba pensando que, cuando te vayas de la comisaría, voy a echarte mucho de menos. Ahora que tampoco nos vemos en casa... —Noté que Inés abría los ojos, no estaba acostumbrada a que yo le dijera ese tipo de cosas, pero era la verdad.

—¡Dios mío! Te has convertido en un puñetero oso amoroso —soltó ella poniéndose una mano en el pecho. No pude evitar que se me escapara una carcajada ante su ocurrencia—. Yo también te echaré de menos, pero nos veremos habitualmente. Además, no adelantemos acontecimientos, que aún falta mucho para que me marche.

—Tienes razón —reconocí soltando un suspiro.

—Y tú, ¿sigues pensando en llevar a cabo tus planes?

—Sí, estoy decidida —afirmé.

—Lo consigas o no, me siento muy orgullosa de ti.

—Inés se levantó de la silla y se dirigió hacia mí—. Anda, ven aquí.

Me acerqué a mi amiga y nos fundimos en un fuerte abrazo. Se me formó un nudo en la garganta; últimamente había dado rienda suelta a mi parte más sensible y me costaba no soltar una lágrima ante las cosas más absurdas. Tanto tiempo conteniéndome parecía que me pasaba factura, pero había aprendido a aceptarlo.

Fui consciente de que esas luces y sombras eran pedazos de mí y que no pasaba nada por mostrar las dos mitades al mundo. Y, por primera vez en mucho tiempo, me sentí bien. Me sentí plena.

Epílogo 1

Historia de Inés y Álvaro

Un año después

Había pasado algún tiempo desde que Inés y Álvaro decidieran darse una oportunidad, y les había ido de maravilla. Se complementaban a la perfección y habían conseguido encontrar el equilibrio perfecto.

Cuando echaban la vista atrás les parecía mentira las vueltas que le dieron por no hablar con claridad y explicarse lo que sentían.

* * *

Álvaro se miró en el espejo y sonrió. En esa sonrisa podía percibirse lo cómodo que se sentía y la felicidad que lo embargaba, aunque a su madre le iba a dar un síncope cuando viera que iba a casarse en tejanos.

—Mamá va a matarte. —Su hermano verbalizó sus pensamientos.

—Lo sé, pero ni Inés ni yo queríamos una boda formal.

—De tener una boda formal a presentarte en tejanos va un abismo, y que conste que a mí me da bastante igual, pero estoy seguro de que eso será lo que te dirá mamá.

—Bueno, Inés tampoco lleva el típico vestido de novia y ha elegido uno bastante sencillo.

—Sí, lo sé, me ha dado el tiempo justo a verla antes de que me echaran de la habitación. La diferencia es que, aunque tú no estás mal con tejanos, hay que reconocer que a Inés cualquier vestido, por sencillito que sea, le queda de caerte de culo. —Álvaro le sonrió a Nacho, tenía toda la razón del mundo—. Aún me parece mentira que vayas a contraer matrimonio.

—No sé por qué; que Lola y tú hayáis decidido que ese papel no sirve para nada no quiere decir que el resto de los mortales piensen igual.

—No lo decía por eso, me refería a que siempre te he visto como a mi hermano pequeño, y de pronto vas a casarte...

—Joder, tío, que nos llevamos dos años. —Álvaro puso los ojos en blanco.

—Eso es lo que más me impresiona, que yo también me he hecho mayor.

Los dos rompieron a reír. En ese preciso instante entró su madre y, por la cara de indignación que puso, lo dos tuvieron claro lo que iba a decir.

—¡Álvaro Martínez, no me puedo creer que vayas a casarte en tejanos!

Y las carcajadas se intensificaron.

* * *

Cuando Álvaro vio aparecer a Inés por el pasillo del ayuntamiento, no pudo dejar de darle la razón a su hermano. Daba igual lo que llevara puesto, siempre lucía espectacular. Y eso que Nacho no la había visto sin ropa —gracias a Dios—, porque desnuda aún era más impresionante.

Fue una ceremonia corta, ninguno de los dos quería algo tedioso, así que apenas pasaron quince minutos cuando Álvaro pronunció sus votos con un nudo en la garganta. Nunca imaginó que llegaría un día en el que sentiría tantas cosas por alguien.

—Todavía no puedo creerme la suerte que he tenido al conocerte. Y no hablo del físico, porque todos los presentes estarán de acuerdo conmigo en que soy un tipo afortunado. —Se oyó una carcajada general y la mayoría de las cabezas asintieron con vehemencia—. Me refiero a que, detrás de eso, se esconde una persona sensible y con unas inquietudes muy parecidas a las mías; alguien inteligente y algo cabezota, pero con un enorme sentido de la lealtad. Una persona amable, paciente y serena, que consigue complementarme. Y lo que es más importarte: contigo a mi lado yo soy mejor.

Inés se enjugó las lágrimas. No se había preparado nada y no sabía si sería capaz de poder expresar todo lo que quería decirle a Álvaro.

—Esa suerte de la que hablas te aseguro que también ha sido mía. De lo único que estoy convencida es de que no sé qué nos deparará el futuro, no te garantizaré nada ni daré nada por sentado. Pero sí puedo decirte que intentaré hacerte feliz cada día. Porque pretendo ser feliz a tu lado y eso lo hará todo mucho más fácil.

Después de la última palabra de ella todo se quedó en absoluto silencio. Inés y Álvaro se comieron con la mirada, diciéndose con los ojos lo que habían olvidado pronunciar con palabras.

Acortaron la distancia que los separaba y se fundieron en un intenso beso, como si no hubiera un buen puñado de personas observándolos. Se besaron como si solo estuvieran ellos dos.

Epílogo 2

Lola

UN TIEMPO DESPUÉS

Casi sin darme cuenta, el día que había esperado durante tanto tiempo transcurrió en apenas un suspiro. Es lo que suele pasar cuando pones tanta ilusión y expectativas en algo, que se te escapa entre las manos con demasiada rapidez.

Estaba terminando de redactar un informe cuando Nacho vino a buscarme.

—¿Nos vamos? —preguntó.

—Tengo que acabar esto; ve tú primero y, en cuanto acabe, iré yo.

—Sí, voy a adelantarme, que ya sabes cómo se pone mi hermano. —Mostró una cara muy cómica.

Habíamos quedado con Inés y Álvaro en nuestra casa. Nacho tenía razón en lo de no hacerlos esperar. Mi amiga estaba ya de seis meses y Álvaro se ponía histérico si su mujercita no tenía todas las comodidades.

* * *

En cuanto acabé de arreglar unas cosas en comisaría, y cuando me aseguré de que todo estaba en orden, salí para casa. Como Nacho se había llevado nuestro coche, fui dando un paseo.

Llevaba más de dos años viviendo con él y, aunque había momentos en los que teníamos nuestros más y nuestros menos, estaba más que satisfecha.

Él me ayudaba a sacar mi lado más sensible y estaba consiguiendo encontrar el equilibrio entre todas las partes de mí. Sonreí al pensar en todo lo que mi vida había cambiado en esos últimos años.

Llegué al piso y al entrar oí las risas de Álvaro e Inés. Mi amiga llevaba un tiempo de baja y la echaba muchísimo de menos, así que una vez a la semana quedábamos para cenar en su casa o en la mía. No obstante, en esa ocasión la cena era más especial, ya que teníamos algo que celebrar.

Dejé mis cosas en el recibidor y me asomé a la puerta del salón.

—Hola, preciosa. Venga, coge una copa, que vamos a brindar —me saludó Nacho acercándose a mí y dándome un beso, como si hiciera horas que no nos veíamos. Aunque, desde luego, no sería yo quien dijera que no a un beso suyo.

Me aproximé a la mesa y me serví vino. Me daba un poco de corte brindar por mí misma. Pero Nacho, al notar mi incomodidad, puso el punto de humor a la velada.

—Por la nueva comisaria —sentenció alzando su copa—. ¿Te das cuenta de lo que me pone que estés por encima de mí? —Sonreí ante su ocurrencia—. Estoy orgullosísimo de ti, jefa. —Pronunció la última palabra con toda la lascivia imaginable.

Me había costado mucho, pero cuando mi padre se jubiló decidí presentarme al puesto que dejaba vacante. Y lo conseguí. El día que me enteré, siendo ya inspectora jefa, de que había aprobado la oposición y me nombrarían comisaria, llamé a mi padre para que fuera el primero en saberlo. Este lloró como un niño, haciendo que yo también me emocionara. Aún no podía creerme que, con mi edad, ocupara un cargo como ese.

Alcé mi copa y brindé con ellos. Por fin había logrado que en comisaría no me trataran como a una enchufada, aunque Nacho decía que eso tenía más que ver con mi cambio de actitud en relación con mis compañeros que con mi nuevo puesto.

A mí me daba igual el motivo, el caso era que me sentía tan plena en todos los aspectos de mi vida que me resultaba imposible borrar la sonrisa de la cara.

Me volví para observar a Inés, que me miraba con los ojos turbios por la emoción. Desde que estaba embarazada lloraba más de lo normal. Se levantó y se acercó a mí.

—Sabía que lo conseguirías —me susurró.

—No creo que haya nada que ella no pueda conseguir —secundó Nacho, henchido de orgullo.

Sonreí porque estaba donde quería estar, pero lo más importante era que por primera vez en mi vida era quien quería ser. Por fin había encontrado mi lugar en el mundo, y lo único que había hecho era aceptarme tal y como era. Nada más y nada menos.

Agradecimientos

A mi madre, porque estoy segura de que esta novela te hubiera encantado. No te imaginas lo que me gustaría tenerte conmigo para celebrar su lanzamiento. Gracias por enseñarme a perseguir mis sueños. Nada de esto sería posible si tú no me hubieras acompañado.

A mis hijas, no intentéis ser alguien que no sois. Cada una ocupáis vuestro lugar en el mundo y en nuestro corazón. Siempre.

A mi hermano, gracias por hacerte con el rol intelectual en nuestra familia. No sabes el peso que me quitaste de encima ja,ja,ja.

A mi pareja, por aceptarme tal y como soy, con mi carácter tierno y dulce incluido (ironía modo on ji,ji).

A mi padre, por entusiasmarse con todos mis logros.

A Esther, por confiar en mí y darme esta oportunidad. También por lo fácil que me lo ha puesto todo. Mil gracias.

A Yanira, por acompañarme y poder vivir juntas esta nueva aventura, y por sentirte siempre tan cerca a pesar de la distancia.

A Evelyn y Eli, mis nuevas incorporaciones a lectoras cero. Una decisión más que acertada. Mil gracias, chicas.

A Taira y Vanesa, mis lectoras cero de siempre. Un lujazo contar con vosotras. Taira, me gustaría que estuvieras más cerquita y, Vane, teniéndote cerca echo mucho de menos nuestras charlas.

A Maruja y Vicente; poner vuestros nombres a los padres de Nacho y Álvaro fue mi manera de recordaros. Seguro que os estáis hartando de hacer barbacoas con mi madre.

Muchas gracias a Cristian y a José por resolver todas las dudas y preguntas que me surgieron sobre policías y comisarías.

A ti, que tienes este libro entre las manos, deseo que te haya hecho pasar un buen rato.

A mis lectoras, siempre a vosotras. Gracias por esperar con impaciencia cada nueva historia. No os hacéis una idea de lo que eso me anima a continuar escribiendo.

Nota de la autora

Las canciones de *Mala* y *Lola soledad* de Alejandro Sanz me han acompañado mientras escribía esta novela. Las he escuchado una y otra vez.

Imposible no pensar en Lola.